كتاب

كشف الاسرار

عن حكم الطيور والازهار

لكاتبه

كتابي أضحى كروض زهر
بين الندامى للغم نافي
في الحسن أوحد والخط مفرد
والحظ يعهد والهم خافي

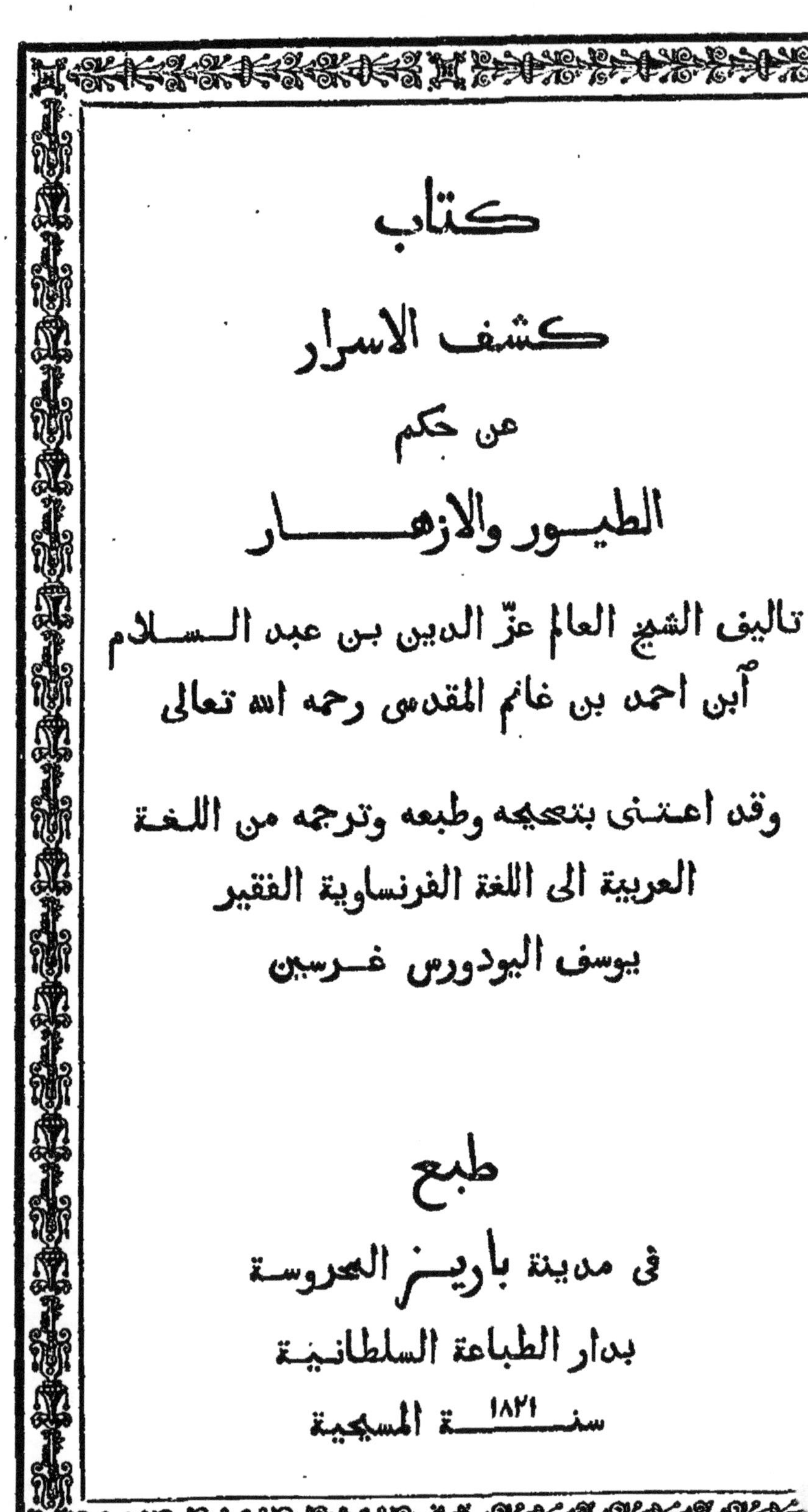

كتاب

كشف الاسرار

من حكم

الطيور والازهار

تاليف الشيخ العالم عزّ الدين بن عبد السلام
ابن احمد بن غانم المقدسى رحمه الله تعالى

وقد اعتنى بتصحيحه وطبعه وترجمه من اللغة
العربية الى اللغة الفرنساوية الفقير
يوسف اليودورس غرسين

طبع
فى مدينة باريز المحروسة
بدار الطباعة السلطانية
سنة ١٨٢١ المسيحية

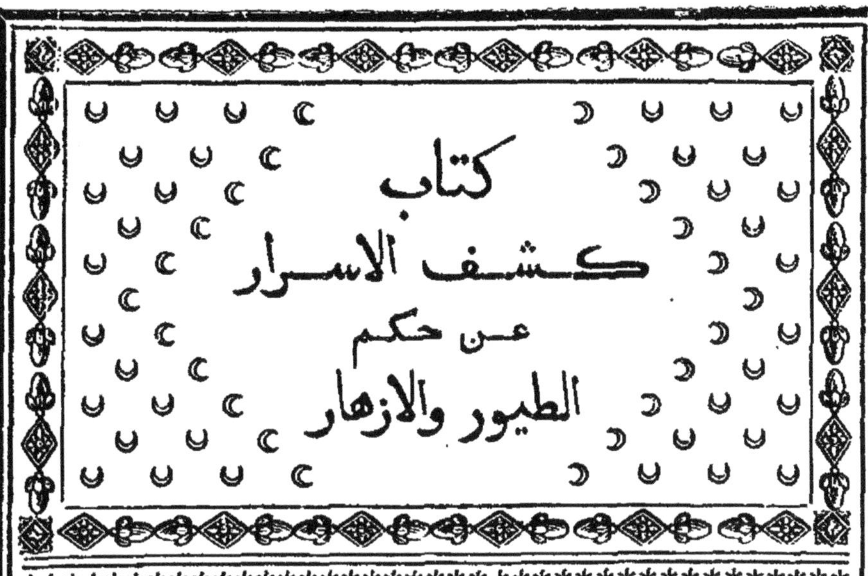

بسم الله الرحمن الرحيم

الحمد لله القريب فى بعده، البعيد فى قربه، المتعالى فى جَده، عن هزل القول وجِده، المقدس فى رفيع مجده، عن حده وعده، الذى اوجد ما كان عدما، واودع كل موجود حِكَمًا، وجعل العقل بينهما حَكَمًا، ليميّز بين الشىء وضده، والهمه بما علمه فعلم مذاق القول صافيه من شهده، فمن فكر بصحيح قصده، ونظر بتوفيق رشده، علم ان كل مخلوق فى قبضتىْ شقائه وسعده، مرزوق من خزائن نعمه ورفده، ما يفتح الله للناس من رحمة فلا ممسك لها وما يمسك فلا مرسل

له من بعده، فلو صفت عين بصيرتك، وانجلت مراة سريرتك، واصغيت بسمع يقظتك، لاسمعك كل موجود ما يجد من فقدان وجده، وما يكابده من وجدان فقده، الم ترَ الى النسيم كيف تنسم اسفا على بكا السحاب عن جزره ومده، وتاوه لهفا على تبسم البرق لِمَا سمع من قهقهة رعده، فانظر الى الربيع فها هو قد بشرك بورود ورده، واخبرك بشرود برده، وسعى اليك بانقلاب الشتا بجرده ومرده، وسعى اليك بوشى الروض وبُرْده، وشكى اليك البان مابان من تمايل قده، وانهى اليك الاقحوان ما كان من الوان الزهر وجنده، وخفوق اعلامه المعلمة بسعده، فوثب النرجس قايما للقيام بوِرْده، واقبل الشقيق على تشقيق ثوبه وقده، فكانه ثاكل لاطم على حمرة خده، وشكى اليك الجلنار جل نار هجره وصده، وصاح العندليب على عوده، الرطيب برنده، وباح العاشق الكئيب بما يكاتمه من هوى زينبه وهنده، وهام فى فلوات خلواته طربا بما سمعه عن طيب نجده، وفر هربا الى من يعلم خفايا ما ابداه وما لم يبده، فالعارف من شكر سوابغ النعم، واحتفر معادن

الحكم، ولم يقنع من اللبن الا بزبده، وعلم ان الله ما احدث حدثا، واهمله عبثا، بل كل واقف عند حده، باق على حفظ ميثاقه وعهده، مقر بتصديق وعيده ووعده، وان من شئ الا يسبح بحمده، احمده واساله توفيق حمده والهام رشده، واصلى واسلم على رسوله الذى انزل عليه فى محكم مجده، سبحان الذى اسرى بعبده، فصلى الله عليه وعلى اصحابه واهل بيته من بعده، وبعد فانى نظرت بعين التحقيق، فرايت بنور التصديق والتوفيق، ان كل مخلوق مقر بوجود الخالق، وكل صامت فى الحقيقة ناطق، فاستقريت العبارات، واستبريت الاشارات فرايت كلا ناطقا بلسان قاله، او بلسان حاله، لكنى رايت لسان الحال، افصح من لسان القال، واصدق من كل مقال، لان لسان الخبر يحتمل التكذيب والتصديق، ولسان العبر لا ينطق الا بالتصديق والتحقيق، والناطق بلسان الحال، مخاطب لذوى الاحوال، والناطق بلسان القال، مقابل لاهل الصحة والاعتدال، وقد وضعت كتابى هذا مترجما عما استفدته من الحيوان برمزه، ومن الجماد بغمزه، وما خاطبنى الازهار بلسان حالها، والاطيار عن مقرها

وارتحالها، وسميته كشف الاسرار عن حكم الطيور والازهار، وجعلته موعظة لاهل الاعتبار، وتذكرة لذوى الاستبصار، فاعتبروا يا اولى الابصار، فمن طالع مقالى، وفهم ضرب امثالى، فذاك من امثالى، ومن اعجم عليه اشكالى، فليس من اشكالى، ولقد اخرجنى الفكر يوما لانظر ما احدثته ايدى القدم فى الحدث، واوجدته الحكمة البالغة لا للعبث، فانتهيت الى روضة قد رق اديمها، وراق نسيمها، ونم طيبها، وغنى عندليبها، وتحركت عيدانها، وتمايلت اغصانها، وتبلبلت بلابلها، وتسلسلت جداولها، وتسرحت انهارها، وتصوغت اقطارها، وتمقت ازهارها، وصوّت هزارها، فقلت يا لها من روضة ما اهناها، وخلوة ما اصفاها، فيا ليتنى استصحبت صديقا حميما، يكون لطيب حضرتى نديما، فنادانى لسان الحال، فى الحال، اتريد نديما احسن منى، او حبيبا افصح منى، وليس فى حضرتك شئ الا وهو ناطق بلسان حاله، مناد على نفسه بدنو ارتحاله، فاسمع له ان كنت من رجاله،

شعر

الم ترَ ان نسيم الصبا
له نفس نشره صاعدٌ
فطورا ينوح وطورا يفوح
كما يفعل الفاقد الواجدُ
وسكب الغمام وندب الحمام
اذا ما شكى غصنه المايدُ
ونور الصباح ونور الاقاح
وقد هزه البارق الراعدُ
ووافى الربيع بمعنى بديع
يترجمه ورده الواردُ
وكل لاجلك مستنبط
لما فيه نفعك يا جاحدُ
وكل لآلايه ذاكر
مقرله شاكر حامدُ
وفى كل شى له اية
تدل على انه واحدُ

اشارة النسيم

فاول ما سمعت همهمة النسيم، يترنم بصوته الرخيم، يقول بلسان حاله، مفصحا عن سقمه وانتحاله، انا رسول كل محب الى حبيبه، وحامل شكوى العليل الى طبيبه، وان استودعت سرا اديته كما استودعته، وان حُمّلت نشرا رويته كما سمعته، وان صحبت محبوبا لاطفته بلطافة اناسى، ومازحته بصفا ايناسى، وان طاب طبتُ، وان خبث خبثت، ثم انى ان اعتللت صح بى العليل، وحيث حللت طاب بى المقيل، وان تنفست تنفس المشتاق، وان ترنمت توسوس العشاق، فانا لين الاعطاف، هين الانعطاف، سريع الايتلاف، يعترف بلطفى ذوى الالطاف، ولولا وجودى فى الجو لجاف، ولاتظن ان اختلاف اهواى، سبب اغواى، بل اختلف فى الفصول الاربع، لما هو اصلح لك وانفع، فاهب فى الربيع شمالا فألقح الاشجار، واعدل فصل الليل والنهار،

واهب فى الصيف صبا فانمى الثمار، واصفى الاشجار، واهب فى الخريف جنوبا فتاخذ كل ثمرة حد طيبها، وتستوفى حق تركيبها، واهب فى الشتا دبورا ليخف عن كل شجرة حملها، ويجف ورقها، ويبقى اصلها، فانا الذى تنموا بى الثمار، وتزهوا بى الازهار، وتسلسل بى الانهار، وتلقح الاشجار، وتروح الاسرار، وابشر الزوار، بقرب المزار،

شعر

يا طيب ما نقل النسيم لمسمعى
عن طيب ذاك المحل الارفع
وابى لينشر ما انطوى من نشره
فسكرت من طيب الشذا المتضوع
ولربما اعتل النسيم اذا بدت
انفاس وجدى المستكنّ باضلعى
هبّ الصبا سحرا لتبردَ غلتى
فاثار نار تحرقى وتوجّعى
ما ذاك الا انها لما سرت
مرت على تلك الربى والاربع

وتحملت عرف الشذا من طيبها
فسكرت حتى لا افيق ولا اعى
وفهمت ما لم يفهم العشاق من
سر الهوى وسمعت ما لم تسمعى
وافت تبشرنى بليلى انها
فى حسنها سفرت ولم تتبرقعى
وجلت على عشاقها فى حانها
وجها تمنع فى حمى متمنعى

اشاره الورد

ثم سمعت اشارة التحارير بافنانها، والازاهير فى تلون الوانها، اذ قام الورد يخبر عن طيب وروده، ويعرف بعرفه عن شهوده، ويقول انا الضيف الوارد بين الشتا والصيف، ازور زيارة الطيف، فاغتنموا وقتى فالوقت سيف، اعطيت لون المعشوق والبست ثوب العاشق، فاريج الناشق، واهيج الشوق الى العاشق، فانا الزاير وانت المزور، والطمع فى بقاى زور، ثم من علامة الدهر المكدور، والعيش الممرور، اننى حيث ما نبت دايرٌ الاشواك تزاحمنى، وتجاورنى، فانا بين الادغال مطروح، وبنبال شوكى مجروح، وهذا دمى على ما عندى يلوح، فهذا حالى وانا اشرف الوراد، والطف الاوراد، فمن ذا الذى سلم من الانكاد، ومن صبر على مرارة الدنيا فقد بلغ المراد، فبينما انا ارفل فى حلل النضاره، اذ

اقتطفتنى ايدى النصاره ، فاسلمتنى من بين الازاهير، الى ضيق القوارير، فيذاب جسدى، ويحرق كبدى ، ويمزق جِلْدى ، ويذهب جَلَدى ، ويقطر دمعى الندى، فلا يقام باودى، ولا يوخذ بقودى، فجسدى فى حرق، ودمعى فى غرق، وكبدى فى قلق، وقد جعلت ما رشح من عرقى، ماهدا بما لقيت من حرقى، فيتاس باحتراقى، اهل الاحتراق، ويتروح بنفسى ذووا الاشواق، فانا فارٌ منهم باياى، باقٍ معهم بمعناى، اهل المعرفة يتوقعون لقائى، واهل المحبة يتمنون بقائى،

شعر

فان غبت جسما كنت بالروح حاضرا
فقربى سواء ان تاملت والبعد
وبالله ما احظا من الناس قائلا
كانك ماء الورد اذ ذهب الورد

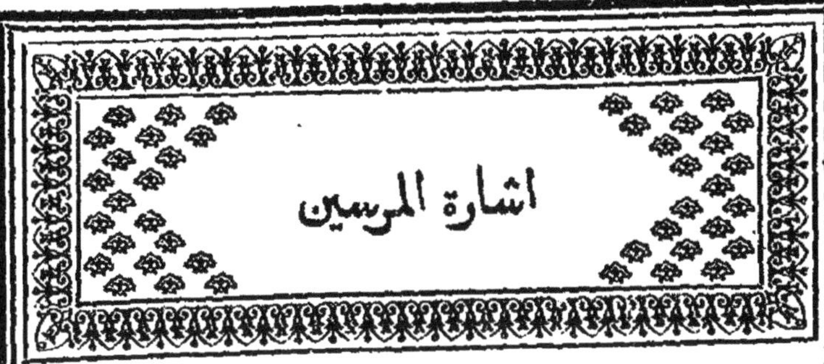

اشارة المرسين

فلما سمع المرسين كلام الورد، قال قد لعب الغمام بالورد، وباح النسيم بسرّه، ونشر السحاب عقود دره، وتضوع اليها بذخره، وتبهرج الربيع بقلائد نحره، وخلع الورد عذاره، وسحب عن الروض الانيق زهاره، وغرد الهزار، ولذ للعاشق المزار، فقم بنا نتفرج، ونتيهُ بحسدنا ونتبهرج، فايام السرور تختلس، واوقاته باسرها تختبس، فلما سمع الورد كلام المرسين، قال له يا امير الرياحين، بئس ما قلت، ولو جمع بك الغضب ما صلت، فقد نزلت عن شيم الامرا، بعدم تاملك الصواب من الارا، فمن المصيب اذا زللت، ومن الهادى اذا ضللت، تامر باللهو عندك، وتحرض على النزه جندك، وامير الرعيه، صاحب الفكرة الرديه، فلا يعجبك حسنك، اذا تمايل غصنك، واخضر اوراقك، واكرم اعراقك، فايام

الشباب، كزيارة الاحباب، سريعة الزوال، دارسة الطلال، كالطيف الطارق، والخيال المارق، يطرق ويلمّ، فلا يقطع ولا يتمّ، وكذلك الشباب، اخضر الجلباب والثياب، مختلف الاجناس، كاختلاف الحيوان بين الناس، فمنها ما يشم ويذبل، ويحول خطابه وينقل، وتطرفه حوادث الايام، ويعود مطروحا على الاكوام، ومنها ما يوكل ثماره، وتجد فى الناس آثاره، والسالم من النار اقله، ولولا القضا والقدر لسلم كله، واياك واغترار، فى هذا الدار، فانما انت فريسة لاسد الحمام، وبعد فقد نصحتك والسلام،

اشارة النرجس

فاجابه النرجس من خاطره ، وهو ناظر لمناظره ، فقال انا رقيب القوم وشاهدهم ، وسميرهم ومنادمهم ، وسيد القوم خادمهم ، اعلم من له همه ، كيف تكون شروط الخدمه ، اشد للخدمة وسطى ، واوثق بالعزيمة شرطى ، ولا ازال واقفا على قدم ، وكذلك وظيفة من خدم ، لا اجلس بين جلاسى ، ولا ارفع الى النديم راسى ، ولا امنع الطالب طيب انفاسى ، ولست لعهد من وصلنى ناسى ، ولا على من قطعنى قاسى ، ثم لا يفارق فى شربى كاسى ، وكاسى بصفوه لى كاسى ، بنى على قضب الزمرد اساسى ، وجعل من اللجين والعسجد لباسى ، اتلمح تقصيرى فاطرق اطراق الخجل ، وافكر فى مصيرى فاحدق لهجوم الاجل ، ومن العجب انى واقف على التفرقة فى مقام الجمع ، يدرك معنا شذاى حاسة الشم لا حاسة السمع ، وهذا معنى لم يخطر بقلب ولا يمر بسمع ، فاطراقى اعتراف بتقصيرى ، واطلاقى نظر الى ما فيه مصيرى ،

شعر

ان يكن منى دنى اجلى
آه يا ذلى ويا خجلى
تهت من ذل على قدمى
مطرقا بالراس من زللى
لو بذلت الروح مجتهدا
ونفيت النوم عن مقلى
كنت بالتقصير معترفا
خائفا من خيبة الاملى
ان يكن للعبد سابقة
سبقت فى الاعصر الاولى
لم يكن فى النادمين غدا
نافعى علمى ولا عملى
مقلى انسانها ابدا
قط لا يرتد فى اجلى
عجل فى خيفة وكذا
خلق الانسان من عجلى

~~~~~~~
~~~~~~~

اشارة اللينوفر

فنادى اللينوفر، وحظه من السقم اوفى واوفر، اما تعتبر ابها الحزين باصفرارى، واين من القدر فرارى، انا الذى قد رضيت بعارى، ولست من العشق بعارى، الرياض دارى، والغياض قرارى، فان كنت عاشقا فدارىّ، ها انا اعشق صفا الماء الجارى، فلا افارقه صباحا ولا مسا، ولا صيفا ولا شتا، ومن العجب انى به ولهان، وعليه لهفان، واليه ظمان وانا معه حيث كان، فهل سمعتم بمثل هذا الشان، واقف فى الما عطشان، افتح عينى بالنهار، فيغار علىّ من الاغيار، فاذا جن ليلى، انزلنى عن رتبتى وحطّنى، واخذنى اليه وغطّنى، فاغوص الى وكرى، واعود الى خلوة فكرى، وتستغرق عينى، فى مشاهدة قرة عينى، فلا يعرف المجهول اينى، ولا يفرق العذول بين من احبه وبينى، فحيث مال بى هواى، لا انظره الا حذاى، ان ظمئت اروانى، وان

اويت اليه اوانى، فحياة وجودى بحياته، وبقا شهودى بثباته، وتمام ذاتى بذاته، وصفا صفاتى بصفاته، فما بيننا بين، ولولاه ما كنت لا إثر ولا عين،

شعر

كسى الحب جسمىَ ثوب الفنا
فروحىَ من شوقها فى عنا
كانّ الهوى اذ رمى سهمه
لقلبىَ دون الورى قد عنا
تدانى فادنى الى اضلعى
هوى كلما قد دنا قدّنا
بقيت له فى فناى به
وابقى لىَ الوجد ذاك الفنا
يقول لىَ الحب لا تالفنْ
سوانا اذا رمت منى الغنا
حمينا الوصال بحد النصال
فان تلق سمر القنا تلقنا
فلا تجزعنّ لحر النبال
ومر النكال ففيه الهنا

ومت مثل ما مات اهل الهوى
وذابوا اشتياقا فنالوا المنا
وما ضرّهم حين ناداهُمُ
على طور سيناء اني انا

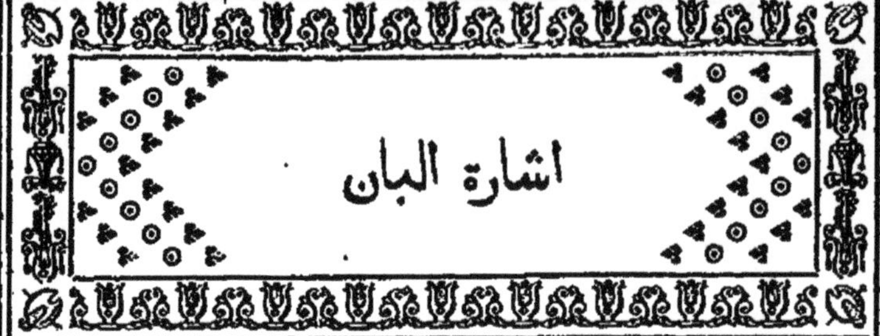

اشارة البان

فلما نظر الاشجار الى طرب البان بينهم ، وتمايله دونهم ، لاموه على كثرة تمايله ، وعنّفوه على اعجابه بشمائله ، فمايل هنالك البان ، وقال قد ظهر عذرى وبان ، فمَنْ ذا يلومنى على تمايل اغصانى ، واهتزاز اركانى ، وانا الذى بسطت لى الارض مطارفها ، واظهرت لى الرياض زخارفها ، واهدت لى نسمات الاسحار لطائفها وظرائفها ، فاذا رايت ساعة نشور اموات النبات قد اقتربت ، ورايت الارض قد اهتزت وربت ، ونفخ فى صور وعدى ، ونسخ حكم وعيدى بانجاز وعدى ، وحان ورود وردى ، فانظر الى الورد وقد ورد ، والى البرد وقد هرد ، والى الزهر وقد اتقد ، والى الحب وقد انعقد ، والى الغصن اليابس وقد كسى بعد ما انجرد ، والى اختلاف المطاعم والمشارب وقد اتحد ، فاعلم ان صانعها واحد احد ، وصاحبها صمد ، وموجدها بالقدرة

قد انفرد ، فلا يفتقر الى احد ، ولا يستغنى عنه احد ، ولا يشاركه فى ملكه احد ، الذى لم يلد ولم يولد ، ولم يكن له كفوا احد ، فهنالك تمايلت قدودى ، طربا بطيب شهودى ، وتبلبلت بلابل سعودى ، على تحريك عودى ، ثم تدركنى عناية معبودى ، فافكر فى عدم وجودى ، وفوات مقصودى ، فانعطف على الورد فاخبره بورودى ، واخلع عليه من برودى ، واستخبره اين مقصدى وورودى ، فقال لى وجودك كوجودى ، وركوعك كسجودى ، انت بخضرة قدودك ، وانا بحمرة خدودى ، فهلم نجعل فى النار وقودك ووقودى ، قبل نار خلودك وخلودى ، فقلت له : اذا صحّ الائتلاف ، ورضيت لنفسك بالتلاف ، فليس للخلاف خلاف ، فنقتطف على حكم الوفاق ، ونختطف من بين الرفاق ، فتصعد انفاسنا بالاحتراق ، وتقطر دموعنا بلا اشفاق ، فاذا فنينا على صور اشباحنا ، بقينا بمعانى ارواحنا ، فشتّان بين غدونا ورواحنا ،

شعر

ورد الوردُ بشيرا بالذى

فيه من لطف المعانى قد حوى

فانثنى البان له منعطفا
لاثم النشر الذى فيه انطوى
مال يشكو اهيف البان له
فرط ما يلقاه من جور الهوى
فرثاه الورد اذ قال له
نحن خلّان تقاسمنا الجوى
فانا انت كما انت انا
نحن فى المعنا جميعا بالسوى
كم رمينا فى لظى نار ولا
صاحبى ضلّ ولا قلبى غوى
ولكم قد فرقت ايدى النوى
بيننا والغصن منا ما ذوى
لو ترى احشاءنا قد حشيت
بلهيب النار والقلب انكوى
وبها انفسنا قد صعدت
مثل ما قد قطرت منا القوى
كلنا نشكو بشجو واحد
ولكل فى هواه ما نوى
قسما حقا يمينا صادقا

بالذى قدمًا فى العرش استوى

ان فى شرح غرامى عبرة

لذوى القلب اذا القلب ارعوى

كنت بالامس كبدر طالع

وانا اليوم كنجم قد هوى

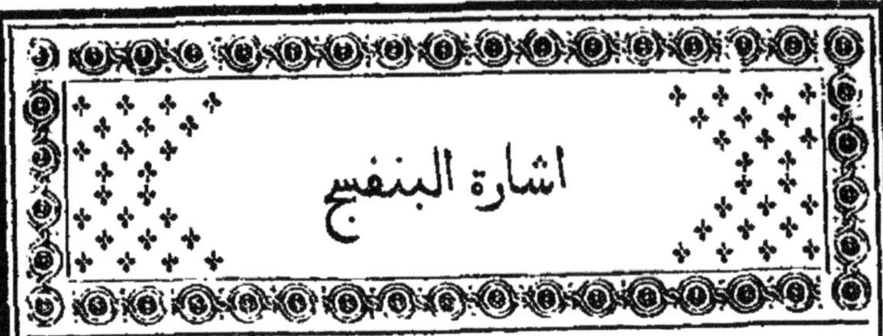

اشارة البنفسج

فتنفس البنفسج تنفس الصعدا، وتاوّه تاوّه البعدا، وقال طوبى لمن عاش عيش السعدا، ومات موت الشهدا، الى كم اذوب بالذبول كمدا، واكتسى بالنحول اثوابا جددا، افنتنى الايام فما اطالت لى امدا، وغيرتنى الاحكام فما ابقت لى جِلْدا ولا جَلَدا، فما اقصر ما قضيت عيشا رغدا، وما اطول ما بقيت يابسا مجردا، وجملة خصولى، اننى اوخذ ايام حصولى، فاقطع من اصولى، وامنع من وصولى، وكم ممن يتقوى على ضعفى، ويعسف بى مع ترفى ولطفى وظرفى، فيتنعم بى من حضرنى، ويجتلينى من نظرنى، ثم لا البث الا يوما او بعض يوم، حتى اسام بانجس سوم، ويعاد علىّ بعد الثنا باللوم، فامسى مما لقيت ممعوكا، وبايدى الحوادث معروكا، فاذا اصبحت يابسا، ومن النضارة ايسا، اخذنى اهل المعانى، ومن هو للحكم يعانى، فتفشش بى الاورام الفاشية، وتلين

بى الالام القاسية ، وتلطف بى الطبايع العاتية ، وتدفع بدوائ الادواء العادية ، فالناس ممتعون بيابسى ورطبى ، جاهلون بعظم خطبى ، غافلون عما اودع بى من حكم ربى ، وانى لمن يتدبرنى عبرة لمن اعتبر ، وتذكرة لمن اذكر ، وفى مزدجر لمن ازدجر ، حكمة بالغة فما تغنى النذر ،

شعر

ولقد عجبت من البنفسج اذ غدا
يحكى باوراق على اغصانه
جيشا طوارقه الزبرجد رصعت
احجار ياقوت على خرصانه
فكانما اعداوه بجلادة
شيلت رؤسهم على عيدانه

~~~~~~
~~~~~~

اشارة المنثور

فناداه منظوم المنثور، بنقشه المغرور، ونفسه المصدور، ورقشه المبثور، وقال ما هذا الغرور، بالعمر المبتور، وما هذا السرور، بالعيش المكدور، اما تعتبر بغصنى المائل، ولونى الحائل، وعمرى الزائل، وايامى القلائل غيرتنى حوادث الايام، وقسمت لونى على ثلاثة اقسام، فمنى الاصفر كسى من السقم ثوبا معصفرا، فكان كالعشاق منظرا ومخبرا، ومنى الابيض اليقق، كسى ثوب القلق، من الفرق، ومنى الازرق، الذى كاد بكمده يحترق، فاما الابيض فلا يفوح عطره، ولا يلوح بشره، ولا ينشق نشره، ولا يكشف ستره، لانه كتم سره فما باح، واخفى عطره فما فاح، وملك امره فلا تلعب به الاهواء والرياح، واما الاصفر فخلع العذار واستراح، وتوشح من السقم بوشاح، وفاح عطره فى الغدو والرواح، وصعد انفاس نشره فى المسا والصباح،

شعر

ما نفحت من ارضكم نسمة
الا وسح الدمع مجوا وساح
لولاكمُ يا اهل ذاك الحمى
ما راح قلبى موثقا بالجراح
اسرتم القلب وبكفيكمُ
لا تقتلونى قد رميت السلاح

ان غلب علىّ وجدى ، وبحت بما عندى ، فليس على العاشق جناح

شعر

لا تلمنى ان بدا منى افتضاح
ما على العاشق ان باح جناح

واما الازرق فانطوى على جواه ، وصبر على اذاه ، وكتم بالنهار هذاه ، وقال انا لا ابوح بسرى لعاشق ، ولا افوح بالنهار لناشق ، فاذا جنّ ليلى ابديت ما بى لاحبابى ، وشكوت مصابى ، لاهل اوصابى ، فاذا دارت الكووس شربت كاسى ، واذا طابت النفوس صعدت

انفاسى ، فانا لجلاسى ، كالخليل المواسى ، ومتى دعيت لإيناس ، جيت اسعى على راسى ، والى الله اشكوا ما اقاسى ، من القلب القاسى ، وما كتمت بالنهار عطرى ، واخترت فى الليل هتك سترى ، الا لان الليل خلوة العشاق ، وجلوة كل مشتاق ، وغيبة الرقيب ، وحضرة الحبيب ، فاذا قال هل من سائل ، جعلت اليه انفاسى رسائل ، وذلى لعزه وسائل ،

شعر

اصعّد انفاس شوقى اليـه
واوقـف طيب ثـناى عليه
ومالى الى وصلـه شـافـع
سوى حسن ظنى وذلى لديه
وقلبىَ فى سخطـه والـرضى
سواء فما حال عن حالتَيْه

اشارة الياسمين

فصاح بفصاحته الياسمين ، وقال ان الياس مين ، ويحك انا أُفْوحُ بوقاحة روحى من الرياحين ، واتردد الى الاحباب حينا بعد حين ، اجلب من خزاين الغيوب ، فلا اسكن الا فى كماين الجيوب ، ابوح بسرى ايما حضرت ، وافوح بعطرى ايما خطرت ، لا اخفى على ذى ذوق ، ولا ينكرنى من له شوق ، فريحى على الرياحين يعلوا ، ونشرى على الازاهير يسموا ، لانّ من طاب معناه كان اطيب وازكى ، ومن صح دعواه كان اظهر واذكى ، فمن اراد مراتب العلا فليعالِ بلطافة معاليه ، وليرقَ فى درج معانيه ، ومن قصر فى تدانيه ، لم يفز بامانيه ، وفىّ اشاره ، وحقيقتها للطالبين بشاره ، فاول اسمى يـاس واخره مين ، فالياس مين ، والمين شين ، فلما اجتمع ياس ومين ، دلا على بينونة البين ، وبشر بقرة العين ،

شعر

رايت الفال بشرنى بخير
وقد اهدى الىّ الياسمين
فلا تحزن فان الحزن شين
ولا تيأس فان الياس مين

~~~~~~~~
~~~~~~~~

اشارة الريحان

فقال الريحان ، قد آن حضوری وحان ، فخذنی خدیما ، واتخذنی ندیما ، فرطیب خضرتی ، تخبر عن طیب حضرتی ، فکیف تستریح روح بغیر ریحان ، ام کیف یلذ سماع بغیر ألحان ، انا الموعود فی الجِنان ، الساری بانفاسی الی صمیم الجَنان ، فلونی اعدل الالوان ، وکونی الطف الاکوان ، مَنْ جَنانی مِنْ جنانی ، استنشق نشری المطوی فی جَنانی ، فانا الیف الانهار ، وحلیف الازهار ، وجلیس السمار ، وکاتم الاسرار ، فان سمعت فی جنسی بالنمام ، فلا تکن له لوام ، فانه ما نم الا علی عطره ، وما باح الا بسره ، وما فاح الا بنشره ، وباح بسره أعلاما ، ونشر مِنْ نشره إعلاما ، فلذلك سمی نماما ، ولیس من نم علی نفسه ، کمن نم علی غیره ، ولا من جاد بخیره ، کمن جاد بضیره ، ولکن جفت الاقلام ، وجرت الاحکام ، بان النمام ، مذموم بین الانام ، والسلام ،

شعر

سايلى عن خفى سر غرامى
وَيْك اقصر وخلنى وهيامى
انا مستودع لسر حبيبى
كيف ابدى ولست بالنمامى

....

اشارة الاخوان

فنادى على نفسه الاخوان ، وهو بما كسى من النضارة فرحان ، وقال قد آن ظهورى ، وحان حضورى ، واعتدل فصل وجودى ، وطاب فى الحضرة شهودى ، وكيف لا يطيب وقتى ، وهذه الانهار تجرى من تحتى ، وكيف لا اودّى بالشكر زكاة حولى ، وقد تم نصاب حولى ، وما ذاك من قوتى ولا حولى ، فبياضى هو العلم المعلم ، واصفرارى هو السقم المبرم ، واختلاف الوانى هو المتشابه المحكم ، فان كنت للرموز تفهم ، فقم الى تغنم ، وإلاّ نَمْ ، وان كنت لا تدرى ما تَم ، فحقيق ان يقام عليك مأتم ،

شعر

اذا لم تدرك المعنى وتدرى
خفايا ما اقول فلا تلمنى
نصحتك مشفقا بلسان حالى

وما يغنيك شرح الحال عنى
اما يكفيك حولى كل حول
وما نالته ايدى الدهر منى
فكم وافيتنى فى جمع شمل
زمانا ثم جمت فلم تجدنى
حمام الايك يسعفنى اذاما
شكوت اليه اشجانى يجبنى
ينوح علىّ من علم بشانى
ملقّا للفداء بكل فنّ
وانت تظنه طربا ولهوا
فتمرح بين عيدانى وغصنى
حقيق ان يناح عليك اذ لم
تفرّق بين افراحى وحزنى .

~~~~~~
~~~~~~

اشارة الخزام

فلما رأى الخزام، ما يكابد الزهر من القيد والالتزام، فمنها ما يصامّ، وينشر بعد النظام، وبالثمن البخس يسام، قال انا ما لى والزحام، لا اعاشر اللئام، ولا اسمع قول اللوام، والتزمت من بين الازهار، ان لا اجاور الانهار، ولا اقف على شفا جرف هار، ارافق الوحش فى النفار، واسكن البرارى والقفار، احب الخلوات، واستوطن الفلوات، فلا ازاحم فى المحافل، ولا اتحمل منّة الزارع والكافل، ولا تتقطفنى ايدى الاسافل، ولا احمل الى اللاعب والهازل، لكنّنى بعيد عن المنازل، تجدنى فى ارض نجد نازل، رضيت بالبر الفسيح، وقنعت بمجاوزة الغزال والشيح، تعبق بنشرى الريح، فتحملنى الى ذوى التقديس والتسبيح، لا ينشقنى الا من له ذوق صحيح، وشوق صريح، وهو على زهد المسيح، وصبر الذبيح، فانا رفيق السواح،

فى الغدوّ والرواح ، فافوز بالاجور ، واسلم من حضور اهل الفجور ، فلا احضر على منكر ، ولا اجلس عند من يشرب ويسكر ، فانا الحرّ الذى لا يباع فى الاسواق ، ولا ينادى على بالنفاق ، فى سوق النفاق ، ولا تحضرنى الفُسّاق ، ولا ينظرنى الا من شمر عن ساق ، وركب جواد العزيمة وساق ، فلو رايتنى فى البوادى ، والنسيم يهيم بى فى كل وادى ، اعطر البادى ، بعطر البادى ، واروح النادى ، بنشرى النادى ، ان عرض بذكرى الحادى ، حن اليه كل رايح وغادى ،

شعر

يحدّثنى النسيم عن الخزاما
ويقرينى عن الشيح السلاما
فهمت بما فهمت وطبت وجدا
فيا احلاه لى لو كان داما
ويسرى تحت جنح الليل سرّا
فيوقظنى وقد هجع الندامى
واسكرنى شذاها حين هبت
كانى قد ترشفت المداما

يعارضنى بانفاس مراض
كانفاسى وقد ملين غراما
وقد عُرِفَتْ بطيب العرف لما
كسّاها اللطف اخلاقا كراما
اهيم بنشرها طربا ووجدا
فيبدى البرق عن طربى ابتساما
تمر على الرياض بارض نجد
فتنعطف الغصون لها احتشاما
يقلّقنى حمام الايك نوحا
ويذكرنى المنازل والخياما
خيام تجمع الاحباب فيها
وفيها يبلغ القلب المراما
تجلّى وجه من اهواه فيها
بحسن نورُه يجلو الظلاما

اشارة الشقيق

فتنفس الشقيق بين ندمائه، وهو مصرح بدمائه، واستوى على ساقه ووثب، وقال يا لله العجب، ما بال لونى باهى، وحسنى زاهى، وقدرى بين الرياحين واهى، فلا احد بى يباهى، ولا ناظر الىّ ساهى، فليت شعرى ما الذى اسقط جاهى، ارفل فى ثوبى القانى، وانا محوض عند من يلقانى، فلا انا فى الحضرة حاضر، ولا يشار الىّ بالنواظر، ولا اصافح بالمناخر، وما برحت فى عدد الرياحين اخر، فانا طريد عن محبى، بعيد عن قربى، وما اظن ذلك الا من سواد قلبى، فلا حول لى فى قضا ربى، فلما رايت باطنى محشوا بالذنوب، وقلبى مسودا بالعيوب، علمت ان الله تعالى لا ينظر الى الصور ولكن ينظر الى القلوب، فكان اعجابى باثوابى، سببا لحجابى عن ثوابى، فكنت كالرجل المنافق الذى حسنت سيرته، وقبحت سريرته، وراق فى المنظر سحنته، وقل فى المخبر قيمته، ولو صلح قلبى لصلح

امرى ، ولو شاء ربى لطاب بين الخلائق ذكرى ، وفاح بين الازاهير نشرى ، لكن الطيب لا يفوح الا ممن يطيب ، وعلامات القبول لا تلوح الا على من رضى عنه الحبيب ، ويحق لمن اصبح فى هواه كئيب ، وفى معناه سليب ، ان يندب عليه بالنحيب ، ويبكى عليه بالدمع الصبيب ، شعر

لا تلمنى اذا شققت ردائى
فملامى يزيد فى الحب دائى
انا قلبى قد سودته ذنوبى
وقضا لى معذبى بشقائى
من رانى يظن خيرا ولكن
خالقى عالم بانى مرائى
قد تحسنت منظرا ولباسا
وزوايا محشوة بخطائى
واحيائى اذا سئلت ومالى
من جواب واخجلتى واحيائى
لو كشفت الستور عن سوء حالى
لرايت السرور للاعدائى

اشارة السحاب

فلما حسن العتاب ، وطاب فصل الخطاب ، دمع السحاب ، فانبسط وساح فى فسيح الرحاب ، وقال سبحان الله أينكر فضلى عليكم ، وانا الباعث ظلى ووبلى اليكم ، وهل انتم الا اطفال جودى ، ونسل وجودى ، كم ملأت البَر بُرًّا ببِرى ، والبحر دُرا بدَرى ، انا مغذى نطف البذر فى بطن امه ، ومستخرجه بالنمو من غمه ، فاذا تمخضت الحوامل بحملها ، واستخرجت بنات النبات من حفرة رملها ، جعلت حوالته الى ، وحضانته على ، فلم يزل ثدى درى عليه درارا ، ومزيد برى اليه مدرارا ، فاذا انقضت ايام الرضاع ولم يبقَ الا الفطام ، فاقطع ثديي عنه فيصبح لاهل الدنيا حطام ، فكان بعثه فى انسكاب عبراتى ، ونشوره فى بعث قطراتى ، فالكل فى الحقيقة اطفالى ، ولو اعترفوا بحقى لكانوا من الجو اطفالى ، وقد سمع كل حىّ فى حىّ ، وجعلنا من الماء كل شىء حىّ ،

شعر

واذا نظرت لربعها العطـالى
فابكى عليه بدمعك الهطّالى
يبكى المشوق اذا البروق تبسمت
وهمت اليه نسـائمُ الامـالى
فتنفس الصعدا من وجد له
متلفّتا لـدوارس الاطـلالى
لا تعذلنه على جواه ولا تلمـ
ـه على هواه فليس عنه بسالى
واترك مقاومة الغرام فانـه
فيه اللهيب وما به بلـبـالى

....

اشارة الهزار

قال فبينما انا مصغٍ لمنادمة ازهارها ، على حافات انهارها ، اذ صاحت فصاحة اطيارها من اوكارها ، فاول ما صوّت الهزار ، ونادى على نفسه بخلع العذار ، وباح بما يكاتمه من الاسرار ، وقال بلسان حاله انا العاشق الولهان ، الهائم اللهفان ، الصادى الظمان ، اذا رايت فصل الربيع قد حان ، ومنظره البديع قد آن ، تجدنى فى الرياض فرحان ، وفى الغياض اردد الالحان ، اغنى واطرب ، وادير الكاس علىّ فاشرب ، فانا بنغمتى طربان ، ومن نشوتى سكران ، فاذا زمزم النسيم وصفقت اوراق الاغصان ، ارقص على العيدان ، فكانما الزهر والنهر لى عيدان ، وانت تحسبنى فى ذلك عاشقا عابثا ، لا والله ولست فى اليمين حانثا ، وانما انوح حزنا لا طربا ، وابوح ترحا لا فرحا ، لانى ما وجدت روضة الا تبلبلت على بلبالها ، ولا نزهة الا نحت على اضمحلالها ، ولا حضرة الا بكيت على زوالها ، فانى ما رايت صفوة

الا تكدرت ، ولا عيشة حلوة الا تمررت ، فقرات فى مثال العرفان ، كل من عليها فان ، فكيف لا انوح على حال يحول ، ووقت يدول ، وعيش يزول ، ووصل من قريب مفصول ، وهذه الجملة من شرح حالى تغنى من الفصول ،

شعر

حديث ذاك الحمى روحى وريحانى
فلا تلمنى اذا كـررت الحـانى
روض به الراح والريحان قد جمعا
وحضرة ما لها فى حسنها ثـانى
من ابيض يقق او اصفر فـقـع
او اخضـر رقـق او احمـر قـانى
والنهر والزهر والاغصان ترقص فى
ميدان عشقى على اوتار عيدانى
والوصل دانٍ وشمل الوصل مجتمـع
هذا هو العيش الا انـه فـانى

اشارة الباز

فنادى الباز، وهو فى ميدان البراز، ويحك لقد صغر جِرْمك، وكبر جَرْمك، ولقد اقلقت بتغريدك الطير، واطلاق لسانك يجلب اليك الضير، وما يفضى بك الى خير، اوما علمت ان ما يهلك الانسان، الا عثرات اللسان، فلولا لقلقة لسانك، ما اخذت من بين اقرانك، وحبست فى ضيق الاقفاص، وسد عليك باب الخلاص، وهل ذلك الا مما جناه عليك لسانك، فافتضح به بيانك، فلو اهتديت بسمتى، واقتديت بصمتى، لبرئت من الملامه، وعلمت ان الصمت رفيق السلامه، الم ترَنى لزمت الصموت، والفت السكوت، فكان الصمت جمالى، ولزوم الادب كمالى، اقتنصت من البرّية جبرا، وجلبت الى بلاد الغربة قهرًا، فلا بالسريرة بحت، ولا على الاطلال نحت، بل ادّبت حين غرّبت، وقرّبت حين جرّبت، وامتحنت حين

امتحنت ، وعند الامتحان ، يكرم المرء او يهان ، فلما راى مودبى تخليط الوقت ، خاف علىّ من المقت ، فكمّ بصرى بكُمّةٍ لا تمدّنّ عينيك ، وعقد لسانى بعقدةٍ لا تحرّك به لسانك ، وقيدنى بقيدٍ ولا تمشِ فى الارض مرحا ، فانا من وثاقى متالم ، ومما الاقى لا اتكلم ، فلما كممت وادبت ، وجربت وهذبت ، استصلحنى مودبى لارسالى الى الصيد ، وزال عنى ذلك القيد ، فاطلقت وارسلت ، باشارةِ انّا ارسلناك ، فما رفعت الكمة عن عينى ، حتى اصلحت ما بينه وبينى ، فوجدتُ الملوك خدامى ، واكفهم تحت اقدامى ،

شعر

امسكت عن فضل الكلام لسانى
وكففت عن نظر الدُنا انسانى
ما ذاك الا ان قرب منيّتى
لزخارف اللذات قد انسانى
أُدبّت آداب الملوك وعُلّمت
روحى هناك صنائعَ الاحسانى
ارسلت من كف الملوك مجردا

وجعلت ما ابغيه نصب عيـــانى
حتى ظفرت ونلت ما املـــتــه
ثم استجبت اليه حــين دعـانى
هذا لعمرى رسم كل مكلـــف
بوظايف التسليم لــلايمـــانى

....

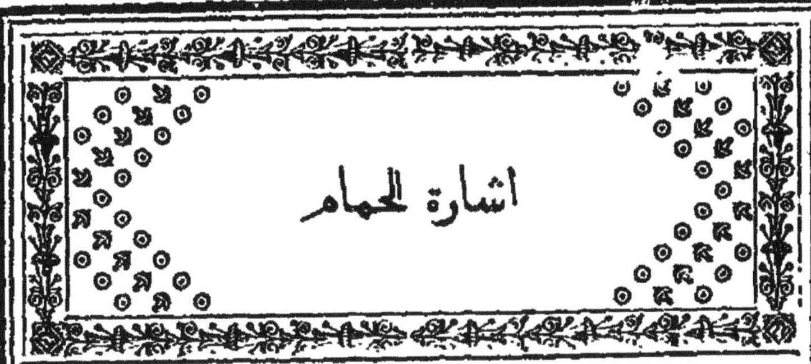

اشارة الحمام

قال فبينما انا مستغرق فی لذة كلامه، معتبر بحكمه واحكامه، اذ رايت امامه حمامه، قد جعل طوق العبودية فی عنقها علامه، فقلت لها حدثينی عن ذوقك وشوقك، واوضی لی ما الحكمة فی تطويق طوقك، فقالت انا المطوقة بطوق الامانه، المقلدة بتقليد الصيانه، ندبت لحمل الرسايل، وتبليغ الوسايل للسايل، ولكنی اخبرك عن القصة الصحيحه، فان الدين النصيحه، ما كل طاير امين، ولا كل حالف يصدق فی اليمين، ولا كل سالك من اصحاب اليمين، انما المخصوص بحمل الامانة جنسی، وما ابری نفسی، يحمل الامانة من الطير ما كان ابلق واخضر، لانه احسن فی المنظر، واعدل فی الخبر، فاذا كان الطاير اسود دل علی تجاوز الطبيعه حد النصيحه، وان كان ابيض دل علی قصور الطبيعة عن حد النصيحه،

فيدل على انحراف المزاج عن الاعتدال ، وقصر الهمة عن بلوغ الامال ، ولا تكون الهمة العليه ، الا فى الروح الزكيه ، ولا شرف العزيمه ، الا فى النفس النفيسة المستقيمه ، واذا اعتدل لون الطائر دل على اعتدال تركيبه ، ويصلح حينيذ لتقريبه وتاديبه ، فيشترى بالتخريج ، ويعرف الطريق بالتدريج ، فاقول حملونى فاحمل كتب الاسرار ، ولطائف الرسائل والاخبار ، فاطير ، وعقلى مستطير ، خايفا من جارح جارح ، حاذرا من سانح سانح ، جازعا من صايد ذابح ، فاهاجر ، واكابد الظما فى الهواجر ، واطوى على الطوى فى المحاجر ، فلو رايت حبة قمح مع شدة جوعى رجعت عنها ، وذكرت ما جرى على ادم منها فارتفع خشيةً من كمين فخ مدفون ، او شرك يعيقنى عن تبليغ الرسالة فانقلب بصفقة المغبون ، فاذا وصلت ، وفى مامنى حصلت ، اديت ما حُملت ، واخبرت ما عُلمت ، فهنالك طوقت ، وبالبشارة خلقت ، وانقلب الى شكر الله على ما وفقت ،

شعر .

احبابى وصلتم او هجرتم

فعبدكم على حفظ الامانه

مقيم لا يزحزحه عذول

ولا يثنى معنفه عنانه

حملت لاجلكم ما ليس تقوى

جبال الشم تحمله رزانه

وحفظ العهد ما وافاه حر

وطوّقه فتى الّا وزانه

فدعه وحب من يهوى والا

فشانك يا معنفه وشانه

اشارة الخطاف

قال فبينما نحن نتذاكر اوساف الاشراف ، واشراف الاوصاف ، اذ نظرت الى خطاف ، وهو بالبيت قد طاف ، فقلت مالى اراك للبيوت لازما ، وعلى موانسة الانس عازما ، فلوكنت فى امرك حازما ، لما فارقت ابناء جنسك ، ورضيت فى البيوت بحبسك ، ثم انك لا تنزل الا فى المنازل العامره ، والمساكن التى هى باهلها عامره ، فقال يا كثيف الطبع ، يا ثقيل السمع ، اسمع ترجمة حالى ، وكيف عن الطير ارتحالى ، انا فارقت امثالى ، وعاشرت غير اشكالى ، واستوطنت السقوف ، دون الشعاب والكهوف ، الا لفضيلة الغربه ، ولزوما لاداب الصحبه ، صحبت من ليس منى لاكون غريبا ، وجاورت خيرا منى ليصير لى بينهم نصيبا ، فاعيش عيش الغربا ، وافوز بصحبة الادبا ، والغريب مرحوم فى غربته ، ملطوف به فى

محبته، فقصدت المنازل، غير مضرّ بالنازل، ابتنى بيتى من حافات الانهار، واكتسب قوتى من ساحات القفار، فلست للجار كمن جار، ولا لاهل الدار كالغدار، بل احسن جوارى مع جارى، وليس منهم رمم جارى، اكثر سوادهم، ولا استطعم زادهم، فزهدى فيما فى ايديهم، هو الذى حببنى اليهم، فلو شاركتهم فى قوتهم، لما بقيت معهم فى بيوتهم، فانا شريكهم فى انديتهم، لا فى اغديتهم، مزاحمهم فى اوقاتهم، لا فى اقواتهم، مكتسب من اخلاقهم، لا من ارزاقهم، منتهب من حالهم، لا من مالهم، مقتبس من بِرهم، لا من بُرهم، راغب فى حُبهم، لا فى حَبهم، مقتديا فى ذلك باشارة صاحب الاشارة صلى الله عليه وسلم ازهد فى الدنيا يحبك الله وازهد فيما فى ايدى الناس يحبك الناس،

شعر

كن زاهدا فيما حوته يد الورى
تغدى الى كل الانام حبيبا
اوما ترى الخطاف حرم زادهم
فغدا ربيبا فى الحجور قريبا

قال فقلت لله درك لقد عشت سعيدا ، وسرت سيرا حميدا ، ووفقت امرا رشيدا ، وقلت قولا سديدا ، فلا اطلب على موعظتك مزيدا ،

اشارة البوم

قال فنادانى البوم، وهو منفرد فى الخراب مهموم، ايها الصديق الصادق، والخل المرافق، لا تكن بمقالة الخطاف واثقا، ولا لفعله موافقا، فانه ان سلم من شبه زادهم، فما سلم من نزه فرحهم واعيادهم، وتكثير سوادهم، وقد علمت ان من كثر سواد قوم فهو منهم، ولو صحبهم ساعة كان مسئولا عنهم، وقد فهمت ان مبتدا التفريط، من افات التخليط، والخلطة غلطه، واول السيل نقطه، واعلم ان السلامة فى العزله، فمن وليها فلا يخاف عزله، فهلا استسنّ بسنتى، وتاسّى بوحدتى، واعتزل المنازل والنازل، وآزهد فى الماكل والآكل، الا ترانى لا اشاركهم فى منازلهم، ولا اجالسهم فى مجالسهم، ولا اساكنهم فى مساكنهم، ولا ازاحمهم فى اماكنهم، بل اخترت الداثر من الجدران، ورضيت بالخراب عن العمران، فسلمت من الانكاد، وامنت من الحساد، ولم ازل عن الاحباب وحيدا، ومن القرنا

فريدا ، وعن الاتراب بعيدا شريدا ، فمن كان مسكنه التراب ، كيف يساكن الاتراب ، من كان الليـل والنهار يخربان عمره كيف لا يقنع بالخراب ، من علم ان العمر وان طال قصير ، وان كلا الى الفنا يصير ، بات على خشن الحصير ، وافطر على قرص الشعير ، ورضى من الدنيا باليسير ، وعلم ان فريـقـا فى الجنـة وفريقا فى السعير ، انا نظرت الى الدنيا وخرابها ، والى الاخرة واقترابها ، والى القيامة وحسابها ، والى النفس واكتسابها ، فشغلنى التفكر فى حالى ، عن منزلى الخالى ، واذهلنى ما على وما لى ، واذهبنى عن اهلى ومالى ، واهمنى صحتى واعتلالى ، عن القصور العوالى ، فجلا اليقين عن نظر بصرى كل شبهه ، فعلمت ان لا فرحة تدوم ولا نزهه ، وانه كل شى هالك الا وجهه ، فعرفت من هو ، وما عرفت ما هو ، وحيث كنت فلا ارى الا هو ، فاذا نطقت فلا اقول الا هو ،

شعر

افردنى عـــنـــهم هـــواه

وليس لى مـقـصد ســـواه

اهيم وحدى بصدق وجدى
وحسن قصدى عمى اراه
انكر صحبى غرام قلبى
وما دروا بالذى دهاه
احببت مولى اذا تجلّى
اقتبس البدر من سناه
تحيرَ الناس فيه طرّا
وجملة الخلق فيه تاهوا
ولا اسميه غير انى
ان غلب الوجد قلت يا هو

قال فاخذت موعظته بمجامع قلبى ، وخلعت عنى ملابس عجبى ، الا ان الهوى يقول عُج بى ،

اشارة الطاووس

قال ثم التفت فرايت طاووسا ، وقد شرب من خمرة العجب كووسا ، وقد لبس من ملابس التلبيس ، وهو الذى عاد عليه شوم ابليس ، قد زين ريشه الوان ، وفن عيشه افنان ، لا ياوى الى الجنان ، والله اعلم ما فى الجَنان ، فقلت له ويحك كم بينك وبين البوم ، فى الحظ المقسوم ، انت ايها العانى ، نظرت فى الصور وهو نظر فى المعانى ، واغتررت بالامانى وفرحت بالفانى ، فقال لى يا عانى ، يا من هو بالشماتة نعانى ، لاتظهر لى الشماته ، ولا تذكر الحزين ما فاته ، فقد قيل فى الخبر ، ارحموا عزيز قوم ذل وغنى قوم افتقر ، اين كنت وانا فى الجِنان اطوف ، بين الجداول والقطوف ، وادور دورها ، وادخل قصورها ، وازور ولدانها ، وحورها ، شرابى التسبيح وطعامى التقديس ، حتى ساق القدر المقدور الىّ ابليس ، فالبسنى ملابس التلبيس ، وعوضنى بالخسيس عن النفيس ، هذا وانا لمراده كاره ،

ولكن القدر يوقع فى المكاره ، وينفر الطير من اوكاره ، ولقد كانت ابليس يرفل فى حلل قربه ، فما تركه شوم رايه حتى تاه على ادم بعجبه ، وكانت لى معه فى تلك القضيه ، قصة غير مرضيه ، فاوقعنى فى الخطيه ، وما اطلعنى على ما له من خبث الطويه ، غير انى كنت له دلاله ، وكانت الحية فى دخوله الجنة محتاله ، فاخرجت معهم من ديار العز الى ديار الاذلال ، وقيل هذه اجرة الدلال ، وجزاء من عاشر الانذال ، ثم ابقيت علىّ زينة ريشى ، اتذكر بها ما كان من صفو عيشى ، فيزيدنى ذلك تحرقا وتشوقا ، والى الجنة تلهفا وتتوقا ، ثم جعلت علامة الخيط فى ساقى ، لانظرها كل حين باحداقى ، وينادى على بنقض ميثاقى ، ثم الفت من البقاع بقعة تشاكل ما اخرجت منه ، وطردت بشقاوتى عنه ، فاتذكر بالبساتين مرابع ربوعى ، واجرى عليها سواكب دموعى ، والوم نفسى التى كانت سبب وقوعى ، واقول كلما تذكرت تفريق جموعى ،

شعر

يا دار هل يقضى لنا برجوعى

ويعود لى يا عين طيب هجوعى

يا سادة كاد المشوق لبينهم

يقضى اسا فى ساعة التوديعى

قلبى ليوم فراقكم متوجع

وارحمتاه لقلبى الموجوعى

فرقتموا ما بين جفنى والكرى

ووصلتموا بين الاسا وضلوعى

جسمى معى والقلب بين خيامكم

ما ضركم لو كان تم جميعى

واذا ذكرت لياليا سلفت لنا

فى وصل احبابى وظل ربوعى

فاكاد من حرقى اذوب صبابة

لولا تجود علىّ فيض دموعى

ووعدتمونى فى الخيال بزورة

فتضاعفت حرقى وزاد ولوعى

ان كان ذنبى صدّنى عن وصلكم

فاليكموا فقرى اعز شفيعى

ماضى القطيعة لا يعاد وما جرى

كافٍ وحسبى ذلتى وخضوعى

قال الشيخ تالله لقد رثيت لمصابه، وبكيت لاوصابه، ولا شيء انكى من الاغتراب، بعد الاقتراب، ولا امر من الحجاب، بعد مشاهدة الاحباب،

اشارة الدرة

قال فبينما هو كلما نظر الى ريشه نظره ، تذكر تلك الخضره ، فجدد الحسره ، وكلما نظر الى ساقه صاح وصعد الزفره ، اذ رايت الى جانبه دُرّه ، وقد كسيت ثياب الخضره ، كانها للناظرين حضره ، فصاحت بفصاحتها ايها الطاووس ، الى كم هذا العبوس ، انت فى الصورة عروس ، وفى المعنى كظلمة الناووس ، اوقفك الراى المعكوس ، حتى اخرجك من مكانك المانوس ، وما اخرجت من منزلتك الا لخيانتك على الساكن ، وحركتك فى الامر الساكن ، فلو فكرت فى السبب الذى اخرجت به ، والرجل الذى طردت بسببه ، لاهغلك اصلاح شانك ، على التنزه فى بستانك ، ويجب عليك كما جنيت على ادم فى تلك الدار ، ان تشتغل هاهنا بالاعتذار ، وتشاركه فى الاستغفار ، وتزاحمه فى خلوات الاذكار ، وتعترف بذنبك بعد الانكار ، لعلك ان تزور معه اذا زار ، لانه

لا بد ان يعود ، وتعود له ايام السعود ، فان ادم لمّا اخرج الى مزرعة الوجود ، قيل له ازرع اليوم ما هو فى غدٍ محصود ، وما عسى ان نفعه عليك يعود ، فاذا انتهى زرعك ونبى فرعك تعد الى مقامك المحمود ، على رغم العدو والحسود ، ومن عمل عملك فهو مسعود ، ومن حذا حذوك فهو موعود بدار الخلود ، الا ترانى لمّا علت همتى ، وسمت عزمتى ، كيف غلت قيمتى ، فلم ارضَ لنفسى ، ما يرتضيه ابناء جنسى ، لكنى نظرت الى الوجود ، وما فيه موجود ، فرايت ادم وبنيه من دون الكل هو المقصود ، خلق الله الكائنات من اجلهم وخلقهم من اجله ، فوصل حبلهم بحبله ، وفعل معهم ما هو من اهله ، فلذلك زاحمتهم فى كلامهم ، وشاركتهم فى طعامهم ، فانشبه بهم وان لم اكن منهم ، واتخلق بهم ، واخاطبهم ، ولا ارغب عنهم ، فغلت قيمتى ، اذ علت همتى ، فاحلونى محل النديم ، والف بينى وبينهم السميع العليم ، فاذكر كما يذكرون ، واشكر كما يشكرون ، فلعلهم عند اللقا يذكرونى ، واذا ذكرت يشكرونى ، فاكون فى الدنيا من خدامهم ، وفى الاخرة تحت اقدامهم ،

شعر

اختبر حالى تجدنى
من اجل الناس مخبر
انا قد احببت قوما
شرفوا معنى ومنظر
كبروا قدرا وذكرا
فهُمُ ازكى واطهر
هكذا قد قال حقا
سيد الناس وبشّر
كل من يهوى حبيبا
فمع المحبوب يحشر

قال فلما سام نفسه بهذا السوم ، وجلس بمجالس صدر القوم ، قلت ما رايت كاليوم ، البهائم فى اليقظة وانا فى النوم ، فمالى لا ازاحم على ابواب ذى المراحم ، لعل يوهب مرحوم لراحم ، و يقال مرحبا بالقادم ، ها قد وهبنا الجناية للنادم ،

~~~~~~~
~~~~~~~

اشارة الخفاش

قال فنادانى الخفاش ، وهو فى ارتعاد وارتعاش ، اياك والزحام ، فلقد حام حول الحمى حام ، وما ادنى القسام الا لسام ،

شعر

فما المنا يدنو بسمر القنا
ولا العلى يعطى بحد الحسام

ولكن عليك باوقات الخلوات ، والقيام فى الليالى المظلمات ، الا ترانى اذا طلعت الشمس دخلت الى وكرى ، واذا غابت صفت لى خلوة فكرى ، فانا فى النهار لا ازور ولا ازار ، محجوب عن الابصار ، محبوب الى ذوى الاستبصار ، فاذا جن ليلى ، جررت ذيلى ، وجعلت الليل معاشى ، وفيه انتعاشى ، لان فيه يفتح الباب ، ويرفع الحجاب ، ويخلو المحب بالاحباب ،

وتغفل عين الرقبا ، وتفيض اجفان المحبين والغربا ، ويفتح الحبيب بابه ، ويرفع حجابه ، ويناجي احبابه ، وينادى احزابه ، فترفع الوسائل ، بالدمع السائل ، ويجاب السائل ، بالطف المسائل ، ويقال يا جبريل انم فلانا واقم فلانا ، وقل لمن كتم حبنا حتى يصرح اعلانا ، وقل لمن هو ظمآن ، هذا الكأس ملآن ، وقل لمن فى حبنا ولهان ، ان الوصل قد آن ،

شعر

لا يبعدنك عتبنا عن بابنا
فالعهد باق والوداد مصان
فبجاهنا وبحسننا وبلطفنا
شاع الحديث وسارت الركبان
واذا ذللت لعزنا ذلت لعز-
-زتك الملوك وهابك السلطان
يا ايها العشاق دونكم السبا
ق فهذه الشقراء والميدان

قال فقلت ايها الطائر الضعيف ، صاحب الجسد النحيف ، ما لى اراك اذا طلعت الشمس وقعت فى

الغشاء، فلا تزال كذلك الى العشا، فتعمى بما يستضئ به الناس، وهذا خلاف القياس، فقال يا ادمى التكوين، لانى فى مقام التلوين، وما بلغت الى مقام التمكين، لان المتلون الخائف، يدهش عند تشعشع شموس المعارف، والمتمكن العارف، من ثبت عند شهود أسرار اللطائف، وانما عدم تمكينى، وسبب تلوينى، وضعف يقينى، لانى مخلوق، ناقص الحقوق، فبالنهار استر نقصى باستتارى، وبالليل اناجى الحبيب بانكسارى، فيجود بغناه على افتقارى، وبفضله على احتقارى، فاول ما جبر به كسرى، ورحم به فقرى، ان جعل الليل خلوتى، ومع احبابه حضرتى، واليه لا الى سواه نظرتى، فاذا انقضت خلوة الليل غمضت عينى بالنهار لئلا انظر الى الاغيار، ويحق لمن سهر الليل ان ينام النهار، وقبيح على عين تمتعت برؤياه، ان تنظر الى سواه،

شعر

قبيح على قلب يذوب صبابة
وتــنــظــر عيناه لحسن سواهُ

ايجمل ان تهوى هواه وتـــدعى

سواه وما فى الكون يعشق الاّ هو

اذا كان من تهواه فى الحسن واحدا

فكن واحدا فى الحب ان كنت تهواهُ

اشارة الديك

قال فقلت تالله لقد فاز اهل الخلوات ، وامتاز اهل الصلوات ، ومنع من الجوار اهل الغفلات ، فعند ذلك نادى الديك ، كم اناديك ، وانت فى تعاميك وتغاهيك ، جعلت الاذان لى وظيفه ، اوقظ به من كان نائما كالجيفه ، وابشر الذين يدعون ربهم تضرعا وخيفه ، وفىّ اشارة لطيفه ، اصفق بجناحى بشرا للقيام ، واعلن بالصياح تنبيها للنيام ، فتصفيق الجناح ، بشرى بالنجاح ، وترديد الصياح ، دعاء للفلاح ، وان كان الخفاش قد جُعل الليل له وظيفه ، فهو طول النهار نائم كالجيفه ، مستتر عن اعين الناس خيفه ، وانا الذى لا اخلّ بوظيفتى ليلا ولا نهارا ، ولا اغفل عن وردى سرّا ولا اجهارا ، قسمت وظائف الطاعات ، على جميع الساعات ، فما تمرّ ساعه ، الا ولى فيها وظيفة طاعه ، فبى تعرف المواقيت ، ولا تغلو قيمتى ولو اشتريت باليواقيت ، فهذا حالى ،

مع قيامى على عيالى ، واشفاقى على اطفالى ، فـانـا بين الدجاج ، اقنع بالاجاج ، ولا اختص دونهم بحبه ، ولا اتجرع دونهم بشربه ، وهـذه حقيقة الصحبه ، ان رايت حبة دعوتهم اليها ، ودللتهم عليها ، فمن هاتى الايثار ، اذا حصل القنار ، ثم انى طوع لاهل الدار ، اصبر لهم على سوء الجوار ، يذبحون افراخى ، وانا لهم كالخل المواخى ، وينتهبون اتباعى ، وانا فى نـفـعهم ساعى ، فهذه مبهمة اوصافى ، ونجية انصافى ، والله لى كافى ،

شعر

بـذكر الله يدفع كل خوف
ويدنو الخير ممن يرتجـيـه
ولكن اين من يصغى ويدرى
معانى ما اقول ومن يـعـيـه

اشارة البط

قال فنادى البط، وهو فى الما ينغط، وقال يا من بدنى همته انحط، لا انت مع الطير فترقى، ولا تسلم من الضير فتبقى، فانت كالميت لا ارضا قطع، ولا لزومك فى مكان واحد ينفع، سقوط نفسك الفاك على المزابل، ووقوفك عند الطل حجبك عن الوابل، وما ربح فى المتاجر من لم يقطع المراحل، ولا يظفر بالجواهر من هو واقف بالساحل، فلو ثبت تمكينك، وقوى يقينك، لطرت فى الهوا، ومشيت على الما، الم ترنى كيف ملكت هواى، فملكت عالمى الما والهواء، فانا فى البر سائح، وفى البحر سابح، وفى الهوا سارح، وقد جعلت البحر مركز عزى، ومعدن كنزى، فاغوص فى صفاء تلألئه، فاجتلى جواهره ولآلئه، واطلع فيه على حكمه ومعانيه، ولا يعرف ذلك الا من يعانيه، فمن وقف على ساحله لم يظفر الا بزبده واجاجه، ومن لم يحذر من دواخله ولجاجه، غرق

فى متلاطم لججه وامواجه، فالسعيد من ركب قارب قربانه، ورفع قلوع تضرعانه، متعرضا لنسمات نفحاته، ماداً لبان رجائه بجذباته، ثم قطع كثائف ظلماته، فوصل الى مجمع بحرَىْ ذاته وصفاته، فهنالك يقع على عين حياته، فيرد من عذبه وفراته،

شعر

يا طالبا للمعالى
مهر المعالى غالى
قدّم فاول نقد
معجّل الآجالى
ما آستعذب الموت الا
من ذاق ذوق الرجالى
حماه دون الوصال
حماه حد النصالى
كذا القصور العوالى
حُفَّتْ بسمر العوالى
والشهد دون جناه
لدغ كحرّ النبالى

قد طاف حول حماه
ذووا الجدود العوالى
وصابروا فى هواه
عليه مر الليالى
صاموا وبالذكر قاموا
فى مظلمات الليالى
فالروح بالشوق تفنى
والجسم بالسقم بالى
قد صادق الحب منهم
له قلوبا خوالى
ان كنت بطال فاترك
منازل الابطال

....

قال فنادت النحله ، يا لها من نَحْلـه ، مـا صح فى روايتها رحله ، فالعارف من ظهر معنـاه ، قبل دعواه ، وعُلِم صفا سره مِن نجواه ، ومَنْ محى حقيقة دعواه ، ثبتت حقيقة معناه ، فلا تنقل قولا يبطله فعلك ، ولا تربّ فرعا ينـقضه اصلك ، واعـلم ان بصفاء المـشارب يصفو الشارب ، وبطيب المطاعم يطيب الطاعم ، الا ترانى لما طاب مـطعمى وصفـا مشربى ، كيف رفعت رتبى ، وعلا منصبى ، وكمل ادبى ، والا من انا حتى يوحى الى ، وينص بالذكر على ، لولا انى اكلت الحلال ، ولزمت اشرف الخلال ، حتى صرت كالخلال ، اسلك سبل ربى ذللا ، واشكر من نعمه فصولا وجملا ، ابتغى المباح ، الذى ليس على اكله من جناح ، فـاجعل فى الجبال بيوتى ، ومن مباح الاشجار قوتى ، ابتـنى بيوتا يعجز كل صانع عن

تاسيسها ، وبخير اقليدس فى حل شكل تسديسها ، ثم اسقط على الزهر والثمر ، فلا اكل ثمره ، ولا اهشم زهره ، بل اتناول منها شئ على هيئة الطل ، فاتغذى به قانعة وان قل ، ثم اعود الى عشى ، وقد صفا كدر عيشى ، فاشتغل فى وكرى بفكرى وذكرى ، واخلص لمولاى شكرى ، ولا افتر عن الذكر ، ولا اغفل من الشكر ، فعلمت بالهام الوحى ، وعملت بالتوفيق الازلى ، فانتج علمى وعملى ، شمعى وعسلى ، فالشمع ثمرة العمل المقبول ، والعسل ثمرة العلم المنقول ، فالشمع للضيا ، والعسل للشفا ، فاذا اتانى قاصد يستضىء بضيائ ، وان اتانى عليل يستشفى بشفائ ، فلا اذيقه حلاوة نفعى ، حتى اجرعه مرارة لسعى ، ولا انيله شهدى ، الا بعد مكابدة جهدى ، فان اقتنصه منى قهرا ، احامى عنه جهرا ، وادافع عنه بروحى ، واقول يا روح روحى ، ثم اقول لمن جنانى ، واستخرجنى من جنانى ، انت يا جانى ، على جانى ، فان كنت للرموز تعانى ، فقد رمزت لك فى معانى ، انك لا تصل الى وصالى ، حتى تصبر على حر نصالى ،

شعر

اصبر على مرّ هجري

ان رمت مني وصالا

واترك لاجل هواي

من صد جهلا وصالا

ومت اذا شئت تحيي

واستعجل الاجالا

فمسلك الحب صعب

يقطّع الاوصالا

عذابه المرُّ عذب

يخفف الاثقالا

ان كنت معنا تمتعنا

فقد ضربت مثالا

فان فهمت رموزى

اقدم والا فلا لا

اشارة الشمع

قال فسمع النحل استغاثة شمعه، فاصغى اليه بسمعه، فاذا هو يحترق بالنار، ويبكى بادمع غزار، ويقول ايها النحل اما يكفينى، ان رميت منك ببينى، وفرق الدهر ما بينك وبينى، فانت فى الوجود ابى، وفى الايجاد سببى، فافردت عنك بتحريقى، انا والعسل شقيقى، وهو اخى ورفيقى، فبينما نحن مجتمعون، وفى قرارنا ملتامون، اذ فرقت بيننا يد النار، ورمتنا ببعد الدار، وشط ما بيننا المزار، فافردت عنه وافرد عنى، وبنت منه وبان منى، ثم سلطت علىّ النار، ولم اكن من اهل الاوزار، فكبدى تحترق، وجسدى تحت رق، فاهل المحبة يتانسون باحتراقى، واهل المعرفة يستضيئون بنور اشراقى، فانا فى اشراق واحراق، ودمع مهراق، قائم فى الخدمة على ساق، احمل ضررى وضيرى، واحرق نفسى لاشرق على غيرى، فانا معذب بضيرى،

وغيري متمتع بخيري ، فكيف الام على اصفراري ، ودموعي للجواري ، ثم تقصدني الاوباش، من الفراش ، يريدون اطفائي ، واذهاب اضوائي ، فاحرقه مكافاة لفعله ، ولا يحيق المكر السيء الا باهلـه ، فلو ملئت الارض فراشا لكنت منهم في امان ، كذلك لو ملئت اوباشا لما اطفئوا نور الايمان ، يريدون ليطفئوا نور الله بافواههم ويابى الرحمان ، وهذا رمز لمن تمعناه بتبيان ،

شعر

قد اتى يا نـور عيني
منك نور اي نـوري
فهداي وضـلالي
بك يا كل سروري
لم يطق كل عذول
فيك يرميني بزوري
وكذا كل هـواء
لم يطق اطفاء نوري

~~~~~~~
~~~~~~~

اشارة الفراش

قال فاستغاث الفَراش ، وهو ملقى على الفِراش ، يتلهب فى تلاهيه ، ويتقلب فى تغاهيه ، وقال يا لله العجب ابذل نفسى فى هواك ، ولا اعدل الى سواك ، وتسومنى سوم اعداك ، ليت شعرى من بفتنكى افتتاك ، ومن بقتلى اغراك ، اين لك مثلى عاشق صادق ، اوصديق موافق ، صبرت على احراقك ، وقدمت على الموت دون عشاقك ، فهل رايت حبيبا يعذبه حبيبه ، او عليلا يسقمه طبيبه ، احبك فتعذبنى ، واقرب منك فتحرقنى وتمزقنى ، يشتد شوقى اليك ، فاهجم بالاذلال عليك ، اطلب منك الوصول فتصول علىّ وتحرق بالنار جلبابى ، فما اصاب احدا من العشاق مصابى ، ولا عذب احد منهم بعذابى ، ولست الى غيرك صابى ، وكان يكفينى ما بى ، لو سلمت من توبيخى وعتابى ،

شعر

جئت اشكوا الى حبيبى ما بى
فرمانى منه بسوط عذابى
كفراش قد جا يطلب وصلا
فرماه حبيبه بشهابى
وَهُوَ مُلْقًى لدى الحبيب حريقا
وغريقا فى لجة الاكتيابى
فى حسابى انى وصلت ولكن
سطوة الحب لم تكن فى حسابى
ذب غراما ولوعة واشتياقا
هكذا شَرْعُ سنة الاحبابى

قال فلما ذكر الفراش مصابه ، وشكى تباريحه واوصابه ، رق له الشمع مما اصابه ، وقال له ايها العاشق الصادق ، لا تعجل فانى لك موافق ، إنا مصاب بمصابك ، معذب كعذابك ، فاسمع قصة من اعجب القصص ، وارحم غصة من اوجع الغصص ، ليس العجب من محب يحترق ، وانما العجب من حبيب يحرق ، هذه النار تحبنى ، وهى بانفاسها تحرقنى

وتذيبني ، وتطلب قربي ، وهي تذيب قلبي ، تدعي هواي ، وتستدعي لقاي ، فاذا نزلت بفنـاي ، فلا بقاء لها الا بفناي ، وهذا لعمري من اعجب الاشيا ، ان حبيبا يفنى ومحبا يبقى ، وعاشقا يسعد ومعشوقا يشقى ، فنادت النار ايها المعذب باحراقي ، الداهش في انوار اشراقي ، ان كان دخان احتراقي الى راقي ، فهانا نازل في الحين اليك راقي ، فنشكوا ما تلاقي ، وتفوز بساعة التلاقي ، فيا فوز من شرب وانا الساقي ، ويا سعادة من فنا فيّ وانا الباقي ،

شعر

ولقد اقول لشمعة نادمتـهـا
وسدول جنح الليل ذات جموح
انا من يحن الى الاحبة قلبه
والى البكا بدمعة المسفوح
قالت عجلت على فيما قلته
اسمع بيان حديثى المشروح
ان كان اعجلك الزمان بخطبه
فلقد فقدت انا شقيقة روحى

افردت عن خل شهى طعمه

حلو اللما عذب المذاق صريح

ها انت تندب من حكاه بريقه

او طعمه واراك فى التبريح

واثاله ها قد فقدت بعينه

او ليس نخل مدامعى بقبيح

بالنار فرقت الحوادث بيننا

وبها نذرت اعود احرق روحى

اشارة الغراب

قال فبينما انا فى نشوة هذا العتاب ، ولذة هذا الشراب ، اذ سمعت صوت غراب ، ينعق بين الاحباب ، بتفريق الاتراب ، وينوح نوح المصاب ، ويبوح ما يجد من اليم العذاب ، وقد لبس من الحداد جلباب ، ورضى من بين العباد بتسويد الثياب ، فقلت ايها النادب لقد كدرت ما كان صافيا ، ومررت ما كان حلوا شافيا ، فما لك لم تزل فى البكور ساعيا ، وعلى الربوع ناعيا ، والى البين داعيا ، ان رايت شملا مجتمعا انذرت بشتاته ، وان شاهدت قصرا عاليا بشرت بدروس عرصاته ، فانت لدى الخليط المعاشر ، اشام من قاشر ، وعند اللبيب الحاذر ، الام من جاذر ، فنادانى بلسان زجره الفصيح ، واشار بعنوان حالـه الصريح ، وقال ويحك انت لا تفرق بين الحسن والقبيح ، وقد تساوى لديك العدو والنصيح ، لا بالكناية تفهم ولا بالتصريح ، كان المواعظ فى اذنيك ريح ، وكلام الواعظ

فی سمع هواك كالنبيج ، اما تذكر رحيلك من هذا الفيح الفسيح ، الى ظلمة القبر وضيق الضريح ، اما بلغك ما جرى على ابيك ادم وهو ينادى على نفسه ويصيح ، اما تعتبر بنوح نوح ، وهو يبكى وينوح ، على دار ليس بها احد مستريح ، اما رايت حال ابرهيم الخليل وهو فى نار النمرود طريح ، اما تقتدى بصبر الذبيح ، اما يكفيك ما تم على داوود حتى بكى بقلبه القريح ، اما تهتدى بزهد المسيح ، اى جمع لم يتفرق ، اى شمل لم يتمزق ، اى صفو لم يتكدر ، اى حلو لم يتمرر ، اى امل لم يقطعه الاجل ، اى تدبير ، لم يبطله التقدير ، اى بشير ، لم يعقبه نذير ، اى يسير ، ما عاد عسير ، اى حال ، ما حال ، اى مقيم ما زال ، اى مال ، عن صاحبه ما مال ، اين ذووا العمر الطويل ، اين ذووا المال الجزيل ، اين ذووا الوجه الجميل ، اما قرضهم الموت جيلا بعد جيل ، اما سوى فى الثرى بين العبد الذليل ، والمولى الجليل ، اما هتف بالمتمتع بدنياه قل متاع الدنيا قليل ، فكيف تلومنى على نواحى ، وتستشيم بصياحى ، فى مساى وصباحى ، ولو علمت ايها اللاحى ، بما فيه صلاحك وصلاحى ، لاتحت بوشاحى ، ووافقتنى فى سواد جناحى ، واجبتنى بالنواحى ،

من سائر النواحى ، لكن الهاك لهوك ، وعجبك عجبك وزهوك ، وها انا اعرف النازل ، بخراب المنازل ، واحذر الآكل ، غصة الماكل ، وابشر الراحل ، بقرب المراحل ، وصديقك من صدقك ، لا من صدّقك ، ومن عذلك لا من عذرك ، ومن بصرك ، لا من نصرك ، ومن وعظك ، فقد ايقظك ، ومن انذرك ، فقد حذرك ، ولقد انذرتك بسوادى ، وحذرتك ببردادى ، واسمعتك نداى فى النادى ، ولكن لا حياة لمن تنادي ،

شعر

انوح على ذهاب العمر منى
وحقى ان انوح وان انادي
واندب كلما عاينت ركبا
حدى بهمُ لوهك البين حادى
يعنفنى الجهول اذا رانى
وقد البست اثواب الحدادى
فقلت له اتعظ بلسان حالى
فانى قد نصحتك باجتهادى
وها انا كالخطيب و ليس بدعا

على الخطبا اثواب السوادى
الم ترنى اذا عاينت ربعا
انادى بالنوى فى كل وادى
انوح على الطلول فلم يجبنى
بساحتها سوى خرس الجمادى
واكثر فى نواحيها نواحى
من البين المفتت للفوادى
تيقظ يا ثقيل السمع وافهم
اشارة ما تشير به الغوادى
فما من شاهد فى الكون الا
عليه من شهود الغيب بادى
فكم من رائحٍ فيها وغادٍ
ينادى من دنوٍّ او بُعادى
لقد اسمعت لو ناديت حيا
ولكن لا حياة لمن انادى

اشارة الهدهد

قال فلما كدر عليّ الغراب وقتي، وحذرني مقتي، انصرفت من حضرتي، الى خلوة فكرتي، فهتف بي هاتف من سماء فطرتي، ايها السامع منطق الطير، المتأسف على فوات الخير، تالله لو صفت الضمائر، لنفذت البصائر، واهتدى السائر، وما ضل الحائر، ولو طابت الخواطر، لبانت الامائر، ولو شرحت السرائر، لظهرت البشائر، ولو انشرحت الصدور، لظهر لك النور ولو ارتفعت الستور، لانكشف المستور، ولو طهرت القلوب، لظهرت سرائر الغيوبه، وشوهد المحبوب، ولو اعرضت عن الاسباب، لفتح لك الباب، ولو خلعت ثياب الاعجاب، لرفع لك الحجاب، ولو غبت عن عالم العيب، لشاهدت عالم الغيب، ولو قطعت العلائق، لانكشفت لك الحقائق، ولو خالفت العاده، لما انقطعت عنك الماده، ولو تجردت عن الاراده، لوصلت الى رتبة السياده، ولو ملت عن هواك لمال بك اليه،

ولو فارقت اباك لجمعك عليه ، ولو بعدت عنك لوجدت الزلفى لديه ، ولكنك مسجون فى سجن طبعك ، مقيد بقيد مالوفك ، متشاغل بشواغل نفسك ، متعلق بحبال خيال حسك ، قد ازمنتك برودة عزمك ، واحرقتك حرارة حرصك ، واثقلتك تخمة بطرك ، واستعمتك عفونة رعونتك ، وبرسمتك وساوس شهوتك ، فانت بارد الهمه ، مقعد العزمه ، جامد الفكره ، فاسد الفطنه ، كثير الحيره ، قد انعكس ذوق فهمك ، فرايت الحسن قبيحا والقبيح حسنا ، فلو دخلت الى بيمارستان التقوى ، وعرضت قارورة البلوى ، ورفعت قصة الشكوى ، الى طبيب يعلم السر والنجوى ، ومددت اليه كف علتك ، ليجس نبط علتك ، وينظر سحنتك ، فيعلم حقيقة محنتك ، فيسلمك الى قيم مودب الشرع فيعقلك بعقال الخوف ، ويضربك بسياط لعل وسوف ، ويروحك بمروحة الرجا ، ثم يحميك فى حمى الحمايه ، ويكتب فى دستور علاجك ، باصلاح مزاجك ، ويعبى لك اهليلج الالتجا ، وبنفسج الرجا ، ومحمودة التوكل ، وتمرهندى الهدايه ، وعناب العنايه ، وسبستان السياسه ، واجاس الاخلاص ، وخيار شنبر

الاختيار، ويرض الجميع على ارض الرضى، ويدق فى هاون الصبر، ويحل فى منخل الذل، ويصفى على سكر الشكر، ويستعمل بعد السهر، فى خلوة السحر، بحضرة الطبيب، وخلوة الحبيب، وغفلة الرقيب، لعل يسكن الوجيب، ويبرد اللهيب، ويعود القلب السليب، ويعتدل التركيب، وينفتح سمع يقظتك، فتسمع هل من سائل فاستجيب، ويستنير بصر بصيرتك، فتشاهد كل معنى غريب، وترى كل امر عجيب، الا ترى الى الهدهد حين حسنت سيرته، وصفت سريرته، كيف نفذت بصيرته، فتراه يشاهد بالنظر، ما تحجبه الارض عن سائر البشر، فيرى فى بطنها الما الثجاج، كما تراه انت فى الزجاج، ويقول بصحة ذوقه، وصدقه، هذا عذب فرات وهذا ملح اجاج، ويقول انا الذى اوتيت مع صغر الجثمان، ما لم يؤته سليمان، هو اعطى ملكا لا ينبغى لاحد من بعده، وانا اوتيت علما، لا يعلمه هو ولا احد من جنده، كنت معه حيث ما سرى، وجد به السرى، ادله على الما من تحت الثرى، فغبت عنه ساعه، فعدم الاستطاعه، فعرض اتباعه واشياعه، وقال ما لى لا ارى الهدهد ام كان

من الغائبين ، لاعذبنه عذابا شديدا او لاذبحنه او ليأتيني بسلطان مبين ، والعجب انه افتقدني حال افتقاره الى ، ثم هددني بسطوة اقتداره على ، فقال لاعذبنه او لاذبحنه ، والقدر يقول لا والله لاقربنه ، او لاهدينه ، فلما جيت من سبا بسببه ، وقلت أُحطت بما لم تحط به ، فزاد ذلك في غضبه ، وقال يا صغير الجزم ، يا كبير الجُرم ، ما كفى غيبتك عنى ، حتى تدعى انك اعلم منى ، فقلت الامان ، يا سليمان ، انت سالت ملكا لا ينبغى لاحد من بعدك ، وما سالت علما لا يعلمه احد من بعدك ، قد جيتك من سبا بنبا عظيم ، وفوق كل ذى علم عليم ، فقال ايها الهدهد من صح له السلوك ، اوتمن على اسرار الملوك ، اذهب بكتابى هذا فذهبت بكتابه ، وعجلت بجوابه ، وقربنى الى جنابه ، وجعلنى من احبابه ، وكتبنى من حجّابه ، بعد ان كنت من ورا حجابه ، ثم كسانى من ملابس اكرامه تاجا ، وكنت الى ذلك محتاجا ، ثم نسخت حكاية ذبحى ، وتليت ايات مدحى ، فان كنت ممن يقبل نصحى ، فحسن سيرتك ، واصف سريرتك ، وطيب اخلاقك ، وراقب خلاقك ، وتادب باحسن الاداب ،

ولو انها من الدواب، فانه من لم ياخذ اشارته من صرير الباب، وطنين الذباب، ونبيح الكلاب، وحشرات التراب، ويفهم ما يشير به مسير السحاب، ولمع السراب، وضياء الضباب، فليس من ذوى الالباب

شعر

اصبحت الطف من مر النسيم سرى
على الرياض يكاد الوهم يؤلمنى
من كل معنى لطيف اجتلى قدحا
وكل ناطقة فى الكون تطربنى

اشارة الكلب

قال فبينما انا مستغرق فى لذة الخطاب، منصت للجواب، اذ نادانى كلب على الباب، يلقط من المزابل ما يسقط من اللباب، فقال يا من هو من ورا الحجاب، يا محجوبا عن المسبب بالاسباب، يا مسبلا ثياب الاعجاب، تادب بادابى، فان فعل الجميل دابى، وسس نفسك بسياستى، واسمع ما اقول لك من فراستى، وما عليك من خساستى، فانى ان كنت فى الصورة حقيرا، تجدنى فى المعنى فقيرا، لا ازال واقفا على ابواب سادتى، غير راغب فى سيادتى، فلا اتغير عن عادتى، ولا اقطع عنهم مادتى، اطرد فاعود، واضرب ولست بالحقود، وانا حافظ للودّ باقٍ على العهود، اقوم اذا كان الانام رقود، واصون والخوان ممدود، وليس لى مال معدود، ولا سماط ممدود، ولا رباط معهود، ولا مقام محمود، ان اعطيت شكرت، وان منعت صبرت، لا ارى فى الآفاق شاكيا، ولا على ما فات باكيا، ان مرضت فلا

انكاد ، وان مت فلا احمل على اعواد ، وان غبت فلا يقال ليته عاد ، وان فقدت فلا تبكيني الاولاد ، وان سافرت فلا استصحب الزاد ، لا مال لي يورث ولا عقار فيحرث ، ان فقدت فلا يبكى على ، وان وجدت فلا ينظر الى ، وانا مع ذلك احوم حول حمامى ، وادوم على وفائهم ، فاتكى على مزابلهم ، قانع بطلهم دون وابلهم ، فان اعجبك خلالى فتمسك باذيالى ، وتعلق بحبالى ، وان اردت وفاقى ، فتخلق باخلاقى ،

شعر

وتعلم حفظ المودة منى
وتمسك الى العلا بحبالى
انا كلب حقير قدر ولكن
لِيَ قلب خالٍ من الادغال
احفظ الجار فى الجوار وداى
ان احامى عليهمُ فى الليالى
وترانى فى كل عسر ويسر
صابرا شاكرا على كل حالى
لا يبالى علىّ ان مت جوعا

او سقتني الايام مر النكالِ
لا يراني الاله اشكو لخلق
اذ على الله في الامور اتكالي
احمل الضيم فيه صونا لعرضي
وفراري من مرذل السوالي
فجلالي على خساسة قدري
في المعالي يَفُقْنَ كل خلالي

اشارة الجمل

فقال الجمل ايها الراغب فى السلوك ، الى منازل الملوك ، ان كنت تعلمت من الكلب زهدا وفقرا ، فتعلم منى جلدا وصبرا ، فان من توسد الفقر ، وجب عليه معانقة الصبر ، فان الفقير الصابر ، معدود فى الاكابر ، ها انا احمل الاحمال الثقال ، واقطع المراحل الطوال ، واكابد الاهوال ، واصبر على مر النكال ، ولا يعتريني فى ذلك ملال ، ولا اصول صولة الارذال ، بل انقاد للطفل الصغير ، ولو شيت لاستصعبت على الامير الكبير ، فانا الذلول ، الذى للاثقال حمول ، وفى الاحمال ذمول ، ولست بالخائن ولا بالملول ، ولا بالصائل عند الوصول ، ولا بالمائل عن القفول ، اقطع فى الوحول ، ما تعجز عنه صناديد الفحول ، واصابر فى ظما الهواجر وفى الحاجر لا احول ، فاذا قضيت حق صاحبى ، وبلغت ماربى ، القيت

حبلى على غاربى ، وذهبت البوادى ، واكتسب من المباح زادى ، وان سمعت صوت الحادى ، سلمت اليه قيادى ، واوصلت فيه سهادى ، ومددت عنقى لبلوغ مرادى ، فان ضللت فالدليل هـادى ، وان زللت اخذ بيدى من اليه انقيادى ، وان ظمئت فذكرُ الحبيب ماءٌ وزادى ، فانا المخبر لكم ، باشارةٍ وتحمل اثـقالـكم ، فلا ازال بين رحلة ومقام ، حتى اصل الى ذلك المقام ،

شعر

يا سعد ان جيت لذاك المـقام
فانـشـد فوادا فى حماه اقـام
وان رات عيـنـاك ذاك اللوى
عرّض بذكر الواله المستـهـام
يا عيس ان لاحت لنا يـثـرب
فالسير من تـلـك علينـا حرام
لما بدى وادى العقيق انـثـنـت
ترفل فى مشيـتـهـا كالنعام

يا صاحبى اجرى منى ادمعا
شوقا الى نجل بدر التمام
وقل اذا ما مررت فى روضة
يا ساكن الحى عليك السلام

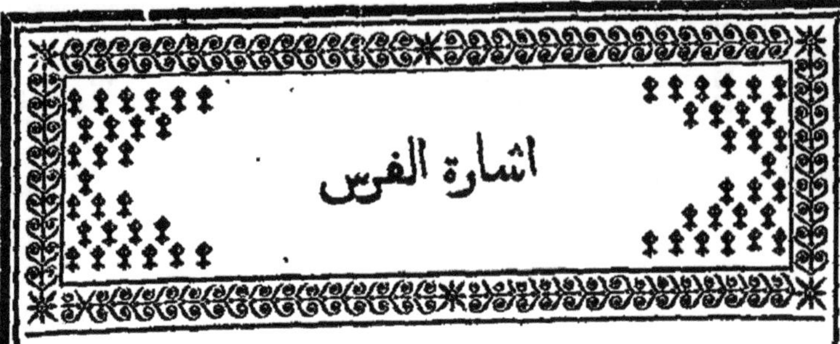

اشارة الفرس

فقال الفرس ايها الفقير الصابر، الطالب سبل المآثر، تعلم منى حسن الادب، وصدق الطلب، لبلوغ الارب، ها انا احمل مباهلى، على كاهلى، فاجتهد فى السير، وانطلق به كالطير، اهجم هجوم الليل، واقتحم اقتحام السيل، فان كان طالبا ادرك بى طلبه، وبلغ بى اربه، وان كان مطلوبا قطعت عن طالبه سببه، وجعلت اسباب الردى عنه تجنبه، فلا يدرك منى الا الغبار، ولا يسمع عنى الا الاخبار، فان كان الجمل هو الصابر المجرب، فانا الشاكر المقرب، وان كان هو المقتصد اللاحق، فانا المجتهد السابق، فاذا كان يوم اللقا، واوان الملتقا، قدمت اقدام الواله، وسبقت ضرب نباله، وذاك متخلف لثقل احماله، معاق لتفتيش ما فى رحاله، ورايت ثم حقوقا لا يستوفيها الا كل موفّ، وطريقا لا يقطعها الا كل مخفّ، فلذلك شمرت عن ساق، وتضمرت ليوم

السباق ، وقلت لمن اسكره الطيش فما افاق ، وغره العيش الذى قد راق ، ما عندكم ينفد وما عند الله باقٍ ، فيا من هو عن المراد مردود ، وفى الطراد مطرود ، هلّا نظرت الى الوجود ، وفهمت المقصود ، واقمت على نفسك الحدود ، واوثقت جوارحك بالقيود ، وذكرت الاجل المحدود ، والنفَس المعدود ، وخشيت اليوم الموعود ، ها انا لما اوثق سائس قيدى ، امن قائدى كيدى ، فكم اكل سائقى من صيدى ، وكم لى على مسابقى من ايدى ، اوثقت بشكالى ، كيلا اصول على اشكالى ، واخذت بعنانى ، كيلا اذهب الى غير ما عنانى ، والجمت بلجامى ، لئلا يفسد علىّ نظامى ، والزمت بحزامى ، خشية من غفلتى عن قيامى ، ونعلت بالحديد اقدامى ، كيلا اكلّ عند إقدامى ، فانا الموعود بالجهاد ، المعدود للجاه ، المشدود للسلامه ، المقصود بالكرامه ، قد اجرى علىّ المنعم انعامه ، فامضى بالعناية الازلية فىّ احكامه ، بان الخيل معقود بنواصيها الخير الى يوم القيامه ، خلقت من الريح ، والهمت التقديس والتسبيح ، وما برح ظهرى عزا ، وبطنى كنزا ، وصحبتى حرزا ، فكم ركضت فى ميدان وما ابديت عجزا ،

فكم كسيت من السباق ، ملابس اهل الشقاق ، خزا ، وكم حززت اهل النفاق ، حزا ، فكم اخليت منهم الآفاق ، هل تحسّ منهم من احد او تسمع لهم ركزا ،

شعر

الحق بسير سابق مضمّر
تنال فوزا من مضيق المحشر
يا معشر العشاق سيروا جهرة
نحو النبي الطاهر المطهر
فالسابقون هم الذين تمتعوا
بجمال منظره البديع المسفر
فعساك تلحق بالرجال فانهم
نالوا وصالا حين وقت السحر

فجاوبته تالله لقد حويت من الخلال اجملها ، ومن الفعال اكملها ،

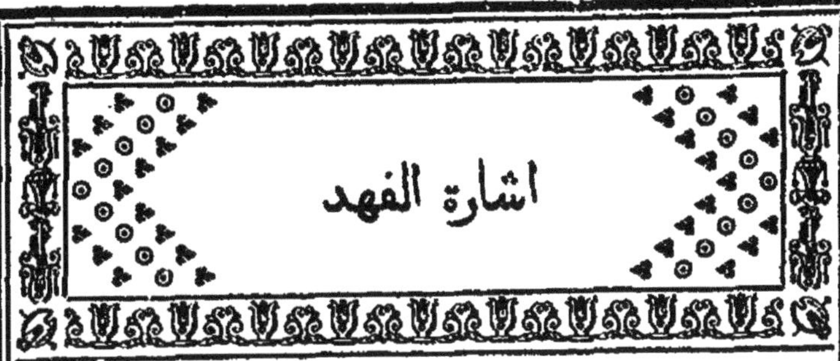

اشارة الفهد

قال فبينما انا فى هذا الجهد ، اذ نادانى الفهد ، تعلم منى الانفه ، والاخلاق الصلفه ، فانى فى الطلب لست كالفرس ، ولا كالاسد اذا افترس ، انا لعلو عزمتى ، وسمو همتى ، اراقب مطلوبى ، واجالس محبوبى ، واراوغ صيدى ، بمراوغة كيدى ، فان لم ادركه فى اول وثبه ، غضبت على نفسى غضبة واى غضبه ، فيترضانى اهلى فما ارضا ، ويصيرون لى من التلطف ارضا ، وما غضبى الا من التقصير ، والساعد القصير ، فيجب على من استوثب نفسه الى الكمال فنقصت ، ودعاها الى المكارم فنكصت ، ان يغضب عليها غضبة الانف ، ثم يعود الى التوبة ويستانف ، ولا يرضى لها بالهمة الدنيه ، ولا بتخليط النيه ، ثم ان فىّ لطافة معنا ، لا يفهمها الا من كان معنا ، وذلك انه ربما اعترانى من التخليط سمن ويغلب علىّ شحمى ، ويثقلنى دمى ولحمى ، فاخاف ان اطلب فادرك ،

وان الاقى فاقتنص فى المعرك ، فترانى استوحش من ابناء جنسى ، واختفى فى خلوتى لاصلاح نفسى ، فاعالج نفسى بنفسى ، بترك المالوف وقطع العادة ، واذيب قلبى بالجوع الذى هو مخ العباده ، فاذا علت الهمه ، وصحت الحميه ، وصفا جسدى من العفونه ، ونفسى من الرعونه ، خرجت من عشى ، وقد صفا كدر غشى ، فحيث شئت نصبت عرشى ، وايما انبسطت بسطت فرشى ، وان كنت من رجالى ، فجل فى مجالى ، واعتصم بحبالى ، واطمس رسمك البالى ، ولا تبالى ،

شعر

انى رايت الفهد فى وثباتـــه

ان لم ينل ما قد يروم فيهزد

وكذا النشاط فى الطريق مشقة

لم يلقه الا اللبيب الجيـد

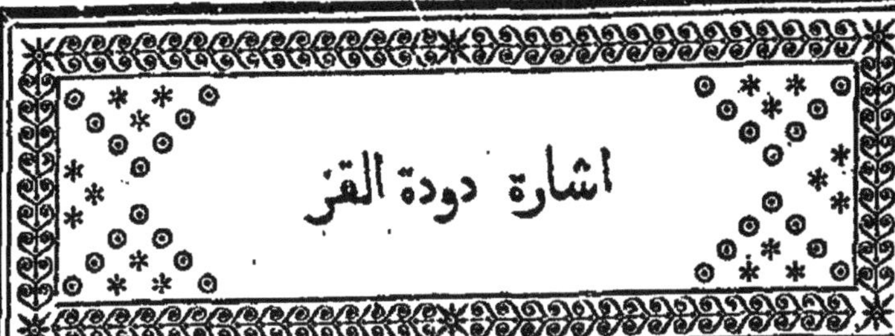

اشارة دودة القز

فقالت دودة القز تالله ليست الفحولية بالصور والهياكل، ولا الرجولية بترك المشارب والماكل، ولا الايثار، ببذل النثار، انما الجود لمن جاد بموجوده، وآثر بحياته ووجوده، فان كانت خصال الخير معدوده، فاجلّها مع دوده، انا فى الدود كدوده، ولاهل الود ودوده، انا المتوالدة من غير والد ولا مولوده، اوخذ فى البداية بزرا، كما ياخذ الزارع بذرا، فاحضن فى جيوب النسا تارة وفى حجور الرجال اخرى، فاذا تمّت ايام حملى، واذنت القدرة بجمع شملى، انفصل عن ذلك الحمل نسلى، وحصل من ذلك الفصل وصلى، فانظر فى يوم ميلادى فلا ارى لى ابا ولا اما، ولا خالا ولا عما، فتكتنفنى ايدى الرجال والنساء، بالتربية فى الصباح والمساء، واحمى عن تخاليط الاغذية حائدا، ولا اطعم الا غذاء واحدا، فاذا تمّ حولى، وبدت قوتى وحولى، بادرت الى شكر من انعم علىّ،

ومكافاة من احسن الىّ ، فاشرع فى عمل ما يصلح للانسان ، قياما بمامورِ هل جزاء الاحسان الا الاحسان ، فابتدر من غير دعوى ، ولا اظهار شكوى ، فانسج بالهام التقدير ، ما يعجز عنه اهل التدبير ، فاسبل من لعابى ، ما اشكر عليه بعد ذهابى ، واستخرج من صنعة صانعى ملابس ، تزين اللابس ، وتضحك العابس ، فالملوك تفتخر بخزى ، والسلاطين تتنافس فى اردية قزى ، فبى تجدد الملاعب ، وتتجمل الكواعب ، فانا اجمل المطارف ، وارهج الزخارف ، فاذا كافيت من احسن الىّ ، واديت شكر ما وجب له علىّ ، جعلت بيتى المنسوج قبرى ، وفى طيّه نشرى ، فاضيق علىّ حبسى ، واهلك نفسى بنفسى ، وامضى الى رمسى ، كمضىّ امسى ، فانا الذى اجود بخيرى ، وابالغ فى نفع غيرى ، وانا المعذبة بضيرى ، ثم من نكد هذه الدار ، المجبولة على الاكدار ، اننى ابتليت بحريق النار ، وحسد الجار ، وقد اعتدى علىّ ظلما وجار ، وهو هذه العنكبوت ، المخصوصة باوهن البيوت ، تجاورنى وتجاوزنى ، وتقول لى نسْجُ ولكِ نسجٌ ، وامرى وامركِ مريج ، ونحن فى الحرق سَوى ، ولا فخر لكِ علىّ

ولا يسوى ، فقلت لها ويحكِ انتِ نعجكِ شبكة الذباب، ومجمع للتراب ، وانا نجمى زينة الكواكب الاتراب، اما انتِ التى نطق بوهنكِ الكتاب فى الازل، وضرب بضعفكِ المثل ، واين الكُحْل من الكَحَل ، واين البدر من النجم اذا افل ،

شعر

انى نجمت القز من لعابى
سر الاله المسلك الوهاب
يا من اتى متشبها لفعالنا
هل تستطيع ملابس الاثواب
من لا يكون نافعا لغيره
فهو الذى فيها آدّعى كذاب

اشارة العنكبوت

فقالت العنكبوت، ان كان بيتى اوهن البيوت، وحبلى كما تزعمين مبتوت، فانّ فضلى عليكِ فى سجل الذكر مثبوت، اما انا فما لاحد علىّ منّه، ولا لامّ علىّ حنّه، من حين اولد انسج لنفسى فى جميع الاوقات، فاسلم من منة الاباء وحنة الامهات، فاول ما اقصد زوايا البيت، وان كان خرابا فهو احسن ما اويت، فاقصد الزوايا، لما فيها من الخبايا، ولما فى سرها من النكت الخفايا، فالقى لعابى على حافّاتها، حذرا من الخلطة وآفاتها، ثم افرد من طاقات غزلى خيطا دقيقا، منكسا فى الهواء رقيقا، فاتعلق به مسبلا يدى، ممسكا برجلى، فيظن الغرّ بتلك الحاله، اننى ميت لا محاله، فتمرّ الذبابة فاختطفها بحبائل كيدى، واودعها فى شبكة صيدى، وان كان لكِ الفخار، بما تنتجيه من زخارف هذه الدار، فاين كنتِ عن ليلة الغار، وانا استر النبى المختار، واصدّ عنه الابصار، وامنع

عنه صناديد الكفار، واردّ عنه ما لا يردّه المهاجرون والانصار، وكذلك لشيخ الوقار، الذى صحبه فى الدار والغار، على الشرف والفخار، وانت ايها الغداره، التى بزخرفها غراره، انما جعلتِ زينة للنساء الناقصات العقول، ولهوا للصبيان الذين ليس لهم معقول، وقد حرمتِ على الرجال الفحول، لان حسنكِ عن قريب يحول، وما لكِ فى الحقيقة محصول، ولا الى الطريقة وصول، فيا ويح مهجور منع الوصول، ويا حسرة محروم حرّم السُّؤْل، ويا خسارة مطرود منع القبول،

شعر

ايها المعجب فخرا بمقاصير البيوتِ
انما الدنيا محل لقيام وقنوتِ
وغدًا تنزل لحدا ضيقا بعد الفخوتِ
بين اقوام سكوت ناطقات فى الصموتِ
فارضَ فى الدنيا بثوب ومن العيش بقوتِ
واتخذ بيتا ضعيفا مثل بيت العنكبوتِ
ثم قل يا نفسُ هذا بيت مثواك فموتى

اشارة النملة

فقالت النمله، اذا ما رماك الدهر بمرما فتمّ له، واذا رايت من تهيّا للمسير فسرْ قبله، ولا تكن فى تدبير عيشك ابله، تعلم منى قوة الاستعداد، وتحصيل الزاد، ليوم المعاد، وانـظـر الى عـزة عزمى، وصحة حزمى، وتامل كيف شدّت يد القدرة للخدمة وسطى، واغنتنى من حلى وربطى، ثاول ما فتحت عينى من العدم، رايتنى واقفة على القدم، لاكون من جملة الخدم، ثم كلفت بجمع المونه، بتيسير المعونه، ثم اعطيت قوة الشمّ من بعد الفراسخ، ما لا يدركه العالم الراسخ، فادبر ما اذخره من الحب لقوتى، فى بيوتى، فيلهمنى فالق الحب والنوى، ان اقسم الحبة نصفين بالسوى، فان كانت الحبة كزبره، فلها حكمة مدبره، وهو ان افلقها اربع فِلَق فانها اذا انفلقت نصفين نبتت، وان قطعت اربعا انقطعت، وان خفت عليها فى الشتاء عفونة الارض ان تضرها، اخرجتها فى يوم شامس فتجففه

الشمس بحرها ، فلا يزال ذلك دابى ، وانت تظن انه اردى بى ، وتعتقد فىّ نقصا ، وانهماكا على الدنيا وحرصا ، كلا والله لو علمت حقيقة امرى ، لاقمت فى ذلك عذرى ، ولارتفع عندك قدرى ، اعلم ان لله عزّ وجلّ جنودا لا يعلمها الا هو ، قال الله تعالى وما يعلم جنود ربك الا هو ، فجيش النمل تحت الارض ، لا يحصرون بطول ولا عرض ، ولا يحصى عددهم الا الله ، قائمون بطاعة الله ولا يلوون على غير الله ، متوكلون على الله ، ولا يلتفتون الا الى الله ، فيقوم فيهن ، من يريد ان يقوم عليهن ، فيستاذن لها تذللا ، لياذنوا لها تطولا ، فاذا اذن لهم تخرج من غير خلاف ، مبايعة على التلاف ، تنشد بلسان حالها ، عند ارتحالها ،

شعر

عليكم سلام الله انى مودّع
وعينى من الم التفرق تدمع
فان نحن عشنا يجمع الله بيننا
وان نحن متنا فالقيمة تجمع

فنجتهد فى سيرها ، وتحصيل خيرها ، لنفع غيرها ،

متعرضة للهلاك ، ومصايد الاشراك ، فاما ان تهلك عطشا او جوعا ، او تقع فى مفازة فلا تجد رجوعا ، او تختطفها ذبابه ، او تطاها دابه ، او يقتنصها طائر ، او يدوسها حيوان سائر ، فمنا من يموت على الاخلاص ، ومنا من لم يقدر له على الخلاص ، فتعود الى قوله تعالى من المومنين رجال صدقوا ما عاهدوا الله عليه ، فتلقى ما فى ايديها بين ايديهن ، فتقسمه بالسوية عليهن ، من غير خصوص ، ولا حظ منقوص ، فان كنت بالقبول مخصوص ، فانت التائب بالنصوص ، وان كان جناح عزمك عن العليا مقصوص ، فانت صاحب الحظ المنقوص ،

اشارة العنقا

قال الشيخ قدس الله روحه وسره لكم البشاره، يا اهل الاشاره، ان فهمتم رمز هذه العباره، فانصتوا لضرب هذه الامثال المستعاره، والمعانى لمن اعنيت ولكن لكِ الحديث فاسمعى يا جاره، قيل اجتمع الطيور وقالوا لا بد لنا من ملك نعترف له ونعرف به، فهلموا ننطلق فى طلبه، ونتمسك بسببه، ونعيش فى ظله، ونعتصم بحبله، وقد بلغنا ان بجزائر البحر ملكًا يقال له عنقا مغرب، قد نفذ حكمه فى المشرق والمغرب، فهلموا بنا اليه، متوكلين عليه، فقيل لهم ان البحر عميق، والطريق مضيق، والسبيل سحيق، وبين ايديكم جبال شاهقه، وبحار مغرقه، ونيران محرقه، ولا سبيل لكم الى الاتصال، ولو تقطعت الاوصال، فدون وصاله حد النصال، فاقعدن فى اوكاركن، فان العجز من هانكن، والملك غنى عنكن،

وان الله لغنى عن العالمين ، اما سمعتم صائح القدر يصيح
ويحذركم الله نفسه ، قالوا صدقت ولكن منادى الطلب
ينادى ففرّوا الى الله ، فطاروا باجنحة ويتفكرون فى خلق
السموات والارض ، صابرين على ظما الهواجر ، باشارة
ومن يخرج من بيته مهاجرا ، فسلكن سبيلا عدلا ، ان
اخذن ذات اليمين ارمتهن برودة الرجا ، وان عدلن
ذات الشمال احرقتهن حرارة الخوف ، فهم بين سباق ،
ولحاق ومحاق ، وتلاش واحتراق ، وتغاش واستغراق ،
وبعد وافتراق ، حتى وصل كل منهم الى جزيرة الملك وقد
سقط ريشه ، وتكدر عيشه ، وتضاعف نحوله ، وتزايد
ذبوله ، فوصلوا اليه خماصا بعد ما كنّ بطانا ، وجئنه
فرادا بعد ان فارقن اوطانا ، فلما ان وصلوا الى جزيرة
الملك وجدوا فيها ما تشتهيه الانفس وتلذ الاعين ،
فمن كان همته فى الماكول والمشروب ، قيل لهم كلوا
واشربوا هنيا بما اسلفتم فى الايام الخاليه ، ومن كان
همته فى الملبوس والنفائس ، قيل لهم يلبسون من
سندس واستبرق متقابلين ، ومن كان همته فى العرائس ،
قيل لهم وزوجناهم بحور عين ، واما اهل الحقيقة قالوا
سبحان الله اذا كان اشتغالنا ثم بماكول ومشروب ،

وهاهنا بما كول ومشروب، فمتى يتفرغ المحب للمحبوب، ومتى ينال الطالب شرف المطلوب، فالدون كل الدون، من رضى لنفسه بصفقة المغبون، ثم قالوا نحن لا نريد الا الملك الذى خرجنا من اجله على المحاجر، وقطعنا اليه كل حاجر، وصبرنا على ظما الهواجر، حيث قال ومن يخرج من بيته مهاجر، ثم لا نشتغل بالملابس والمفاخر، فوالذى لا اله الا هو، لا نريد الا هو، ثم قال لهم الملك ويحكم لاى شى جئتم، وباى شى اتيتم، قالوا اتيناك بذلة العبيد، وانك لتعلم ما نريد، فقال لهم ارجعوا من حيث جئتم، فانا الملك شئتم اوابيتم، وان الله لغنى عنكم، قالوا سيدى انت الغنى ونحن الفقرا، وانت العزيز ونحن الاذله، وانت القوى ونحن الضعفا، فباى قوة نرجع وقد ذهب قوانا، ونحل عرانا، واضمحل وجودنا مما اعترانا، فقال لهم الملك وعزتى وجلالى اذا صح افتقاركم، وثبت انكساركم، فعلىّ انجباركم، انطلقوا فداووا العليل، فى ظلى الظليل، وقيلوا فى خير مقيل، فمن غلبت عليه برودة الرجاء، فليشرب من كاس كان مزاجها زنجبيلا، ومن استولت عليه حرارة الشوق، فليتناول من كاس كان مزاجها

كافورا ، وقولوا للعاشق الذى سلك سبيلا ، اشرب من عين تسمى سلسبيلا ، فاذا صحت الحميه ، وتمت الفنيه ، فقدّموا العليل الى طبيبه ، وقربوا المحب الى حبيبه ، فلقّاهم نضرة وسرورا ، فسقاهم ربهم شرابا طهورا ، فسكروا حين شربوا ، ثم غنى لهم فطربوا ، ثم استزيدوا فزادوا ، وسالوا فاستجيبوا ، وطاروا باجنحة الانس ، فى حضرة القدس ، فسقطوا ليلتقطوا حَب المحبه ، نقيا من الكدر ، فى مقعد صدق عند مليك مقتدر ، فحصّلوا حين وصلوا ، فلما حضروا نظروا ، فاذا الحجب قد رفعت ، والاكواب قد وضعت ، والاحباب قد جمعت ، وشاهدوا ما لا عين رات ولا اذن سمعت ،

شعر

يا قلبُ بُشراك ايام الرضا رجعت
وهذه الدار بالاحباب قد جمعت
اما ترى نفحات الحى قد طلعت
انفاسها وبروق القرب قد لمعت

فعش هنيا بوصل غير منفصل
مع من تحب وحجب الهجر قد رفعت
وانظر جمال الذى من اجل رويته
قلوب عشاقه فى حبه انصدعت

تم
كتاب كشف الاسرار
عن حكم الطيور
والازهار

م م
م

فهرس ما تضمنه هذا الكتاب

اصلاح ما وقع فى طبع هذا الكتاب من التصحيف والغلط

الورقة	السطر	الغلطة	الاصلاح
۲۵	۱۳	بللوم	باللوم
۳۷	۷	بعطر	بعطرى
۴۸	۵	واوضى	واوضحى
۵۸	۲	كانت	كان
۶۳	۱۳	كليوم	كاليوم
۶۴	۷	تلوين	تلوينى
۸۲	۴	ما	بما
	۱۰	قصر	قصرا
۸۹	۶	يقطتك	يقظتك
۹۲	۵	ينطر	ينظر